ジョーがくれた石

12の旅の物語

山尾三省 著

地《ぢ》湧《ゆう》社

序にかえて

――是《これ》がまあつひの栖《すみか》か雪五尺（小林一茶）

人間にとって一番大切なことは、ひとつひとつの場でしっかりと深い平和において生きることであると思う。心の旅にせよ、身体を伴う旅にせよ、真実の旅とはそのような場を求めての旅であるに違いない。

この本の第一部では、主として身体を伴う旅において求められた場の光景について、貧しい体験をもとに構成してみた。第二部では、屋久島の一湊・白川山《しらこ》という地に腰を据えつつ、なお続いてやまない場の旅の風景をいくつか切り開いてみた。

一部二部合わせて十二の、場の風景、ないし光景の話は、いずれも「石」というモチーフにおいて語られている。石にも様々なものがある。たとえば金剛般若経と呼ばれる経典は、金剛《ヴァジュラ》、すなわちダイヤモンドのように堅固で輝かしい真理を述べた教えということであり、同じ石でも僕などのおよぶ所ではない。僕が取り上げた石は、どこにでもあり誰でもが出会っているはずの、そこらにあるごくありふれた石ばかりである。しかしながらそのごくありふれた石が、ありふれた石のままで金剛のような輝きを持つことが、人生にはないわけではない。それは言葉をかえれば、出会いという真実が、この世にあることを示している。旅とは、出会いの旅にほかならない。

なにに出会うのかといえば、自分自身の自己に出会うのである。すべての出会いは、対象との出会いであると同時に、実は自己との出会いであるという神秘を秘めている。その神秘を自覚した時から、出会いの旅はそのまま自己への旅に変り、自己への旅はそのまま自己の旅に変る。だから、旅とは探究のことであり、身体を伴う旅においてもひとつの場に腰を据えた旅においても、そこで出会われたものは、求められている自己であり、そのような出会いを、出会いの真実と呼ぶのである。この本において、モチーフを「石」に限定したのは、他でもない僕がそこで「石」に出会ったからである。

「石」をモチーフにしたけれども、僕が求めているものは「石」そのものではない。それは第二部において少しずつ姿を現わしてくるのだが、「故郷性」という言葉で呼ばれるべき風景であったはずである。人が、そこに住む風土を愛し、風土から愛されて、風土とともに在るとき、その在り方を「故郷性」に在ると呼ぶ。「故郷性」とはそれゆえに、故郷であると同時にそれを越えた人の精神の在り方である。人によって究極的に求められる、平和で幸福な場を、「故郷性」と呼ぶ。それは、人によって究極的に求められる場が、自分自身の自己であることと同じである。「故郷性」とは自己の故郷性であり、自己の別の呼び名である。その言葉はまだ生まれたばかりで、どのような内実を持つのか定かではないが、人間がひとつひとつの場において、深く平和にしっかりと生きていけるための、鍵となる言葉であることだけは確信している。

ルネ・デカルトの「我思う故《ゆえ》に我在り」という言葉によって確立されたといわれている近代理性の歴史は、自然内存在（故郷性存在）としての人間を、自然から切り離された単独な存在と見なすことによって、つまり自然に対峙し、自然を開発し征服する性質の存在と見なすことによって、この現代の破滅の淵にまで僕達を引きずってきた。僕達がこの地上で、なおも希望を持って生きたいと願い、また子供や孫達にも生きてもらいたいと願うならば（それは、僕が取り上げた石のようにごくありふれた普通の願いなのであるが）、僕達はこれまでとは別の、自然理性、とも呼ぶべき方向の旅を意図しないわけにはいかない。自然理性とは、自然内存在（故郷性存在）としての人間の理性であることは言うまでもない。我思う故《ゆえ》に我が在るのではなくて、自然の内に産み出された我が在るゆえに、我は思うのである。

それはなにも大袈裟なことではない。たとえば、

「是がまあつひの栖か雪五尺」

と小林一茶が嗟嘆した、その栖を、深く掘ること、光に至るまで掘ることである。それは後戻りすることではない。故郷性の呼び声に呼ばれて、星までも歩くことをも意味している。

一九八四年十月十六日　記

ジョーがくれた石——目次

第二部　此　岸

第一部

彼岸

そんざいの木の葉が
黄金《こがね》色の陽を浴びて　ふるえている
水は　流れてつきない
いちまいの葉はすでに地に落ちたが
そこに　いっそう美しく輝いている
そんざいの木の葉は
今が盛り
水が流れても　水が流れても
源の
黄金《こがね》色の陽を浴びて　ふるえている

花崗岩片の話

鹿児島県の屋久島、一湊《いっそう》という村から約四キロ山の中に入った所に、白川山《しらこ》と呼ばれている集落がある。三方を山で囲まれ、真中を大きな谷川がごうごうと音高く流れ下っている。ここより上流にはもう集落はないので、谷川の水は清く澄んでいる。ひとたびは廃村になった所だが、現在は十世帯の人々が住んでいる。十世帯の内九世帯が島外からこの島に移り住んできた人々で、島の人達からは白川山《しらこ》の衆と呼ばれて、少々特別な存在として扱われている。地縁血縁の濃い島社会の中に、その外れとは言え、またわずかな世帯数とは言え、地縁もなく血縁もない人々が住みはじめたのだから、少々特別な存在として見られることは致し方のないことである。僕の一家がこの地に移ってきたのは、一九七七年の春のことで、今からちょうど七年前のことである。当時は僕の家族を含めて二世帯しか住んでいなかったのだが、年々住む人が増えて今では十世帯になり、小さいながらも新白川山村とも呼べるような形になりつつある。

何故こんな離島の、それも山の中の不便な場所に住む気になったのか。これは、初めて会う島の人達や訪れてくる都会の人達から必ず問いただされることであるが、この地が気に入ったからと答える以外には、てっとり早い返事が思いつかない。実は僕としては、九州の最高峰である宮之浦岳や次峰である永田岳を擁するこの島の奥岳に自生している、縄文杉と呼ばれる樹齢七千二百年と推定されている老杉に魅かれ、その老杉に呼ばれて、僕なりの天命に従ってやってきたのであるが、そういうことは日常会話ではあまり話す気持にならないのである。

一九七三年の暮れから七四年の暮れにかけてのちょうど一年間、一家五人でインドとネパールの聖地巡礼の旅をしてきたのだが、その旅を終えて日本に帰ってくると、僕にとっては縄文杉の島である屋久島から、土地を提供してもよいという人が現われたとの知らせが待っていたのである。だから一年間のインド・ネパールの旅と、やがて屋久島に移り住むことになったこととの間には深い因縁が感じられるのだが、そういうことも日常会話の中ではあまり話す気持にはなれない。

縄文杉の樹齢は七千二百年と推定されている。これは九州大学の真辺大覚助教授が、年輪測定法によって推定したものである。生きている樹木の年輪をどうして測るのかというと、すでに伐採されている屋久杉の巨木の切株の年輪を数え、その切株の根廻りの太さと縄文杉の根廻りの太さを対比させて、ほぼ七千二百年であろうと推定されたわけである。最近になって、この縄文杉のことが世に知られるにつれて、それが本当ならば世界最古の樹木でありギネスブックにも載せてしかるべきだというような声があったり、年輪測定法よりもっと正確な調査をすべきだなどという声が上って、環境庁及び農水省による調査が行なわれた。農水省より委託された学習院大学の木越邦彦教授は、放射性炭素測定法によって、古くても樹齢五千年という説を出し、環境庁が派遣した学術調査団は、六千三百年以下という説を出した。どの説が正確なのかは縄文杉だけが知っていることだが、僕としてはやはり従来どおりの七千二百年説を信じたいと思っている。

樹齢のことはともかく、インドでは生きて呼吸をしていながら神を実現した聖者を、アヴァターラ、すなわち神の化身と呼ぶ。聖者と呼ばれるほどの人は、神々の国インドにはいくらでも出現するが、アヴァターラ、すなわち神の化身と呼ばれる人はさすがに少ない。最近では一九世紀のラーマクリシュナがその名で呼ばれているだけである。縄文杉は、ブッダの生誕も老子の遊行もソクラテスの死もキリストの死も眺めつつ、一息に生きつづけて現在もなお、屋久島の山中にその深い呼吸を続けている。縄文杉こそは日本のアヴァターラであるという思いを込めて、僕はその神木を聖老人と呼ぶ。

聖老人は、この七千二百年の間、ただの一言《ひとこと》も語を発せず、ひたすら沈黙を守り、そこに在り続けてきた。その沈黙、その存在、その呼吸のもとに住みたいと願って、僕はこの島に移ってきたのだが、そういうことも日常会話の中では、あまり話す気にはなれない。

日常会話の中では、山羊の仔が生まれた話だとか犬の仔が生まれた話だとか、昨夜の漁で鯖《さば》が大漁であったこととか不漁であったこととか、今回は炭が五十俵焼けたこととか、トマトが夜盗虫にやられて全部腐ってしまった話だとか、人が死んだ話だとか生まれた話だとかが、悲しくもあり嬉しくもある映像の中の出来事のように、次から次に現われてきては消えてゆくだけである。世界とは自己の眼に映った映像であることを如実に知らされつつ、自らもまたその映像の中のひとこまとして、あたかも世界は実在するかの如くに、時間の旅を続けてゆく。

けれども、それを虚しいと言ってはならない。それを無常と呼んではならない。何故ならば、世界とはいかにも映像であり、眼を永く閉じれば消失してしまう現象に過ぎないが、実在がその真如の姿を現わす手だては、同じくこの世界をおいて他にはないからである。

春のある美しい朝に、山羊の仔が生まれてきたときに、そこに生まれてきたものはただ山羊の仔だけではない。同時に、白く小さく可愛らしい真理が生み落とされて、その真理が思いもかけず「べぇェ」と啼き声を放つのである。

またある初夏の早朝に、漁から戻ってきたむらの男が、海そのもののように透きとおった青い鯖《さば》を投げてくれる時、彼がそこに投げてくれるものはただの青い鯖《さば》ではない。そこに投げられたものが海という真理であり、海という愛であることを、見ないわけにはいかないのである。

日常生活の中にすべてがある。日常生活の中に、すべての真理がある。だからまた、日常生活の中に深い悲哀も貌《かお》を現わすのである。

二年前だったか三年前だったかもう忘れてしまったが、家の前の道に転がっている何の変哲もない一個の花崗岩片が眼についた。長さにして四十センチ位、高さは十五センチ位の、でこぼこした少しも美しくない、ごろ石であった。屋久島の地殻は主として花崗岩から成るので、山にも川にも海辺にも花崗岩がごろごろしていて、花崗岩自体が少しもめずらしいものではない。その上、形が美しいわけではなく石肌が特別に美しいわけでもなく、土がこびりつき砂ぼこりをかぶったそのごろ石が最初に眼に入った時、僕の第一印象は、こんな所にまた石を持ってきて、子供というものは仕方のない遊びをするものだ、蹴っつまずいて転んだりして危いではないか、というものであった。そこで僕はその石をかかえ上げ、道脇の邪魔にならないような場所へ、どしんと放り投げた。十キロかせいぜい十五キロほどの重さであった。その日はそれで終りだったが、二、三日して、山羊のエサやりとニワトリのエサやりで終る一日の仕事をすべて終えた時だった。家の前の半ば以上地面に埋まっている、やはり花崗岩の大石に腰を下ろして、夕べの祈りのときをすごしていると、ふと投げ棄てたその花崗岩片が眼に入ってきた。

その花崗岩は、先日と同じく何の変哲もないごろ石で、石としてはむしろ醜いくらいであったが、突然何だか、《さびしい》という声を発しているように感じられた。その夕暮れどきは、美しく晴れ上った夕暮れどきで、月はなかったが木星がきらきらと輝いていた。僕はその石を再び見棄てて、すでに黒々と暮れてしまった弥陀の山を眺め、その山を呼吸した。山の上のうす水色の空を眺め、またたきはじめた幾つかの星の光を眺めた。祈りの言葉を胸につぶやくことが、ひとつの祈りであることは言うまでもないが、むしろ僕の夕べの祈りは眺めることであった。弥陀の山を眺め、南や西の山々を眺め、うす水色から暗青色にいつのまにか移ってゆく空を眺めることが、言葉によるよりもいっそう全霊的な祈りであるように思われることがある。そのような時には、眺めることと祈ることとは同一のものであった。

そしてまたふと地面を見渡すと、見棄てたそのごろ石が《さびしい》という声を発するもののごとくに、再び眼に入ってきたのだった。さびしい、というのであれば、僕もさびしくないわけではなかった。むしろさびしさは深いものがあった。それは島に住んでいるからとか、島のかつての廃村に住んでいるからとか、お金がないとか、愛されていないからという故のさびしさではない。

そのさびしさは、様々な混じりものはあるにしても、本質的には、自分がまだ神を実現していない、自己の真の光をまだ実現していないというさびしさであった。

あたりはすっかり暗くなっていた。眼の前の家の中から明るい電灯の光が差し、当時小学二年生だったか三年生だったかの裸我《ラーガ》が、ごはんですよ、と呼ぶ声が聞こえていた。僕の自分の夕暮れの時間を打ち切り、家族の中へ帰って行くべきときであった。

夕べの祈りと呼ぶと、それはあたかも規則正しい信仰者の祈りであるが、僕のそれはその日その日の時の流れに任せられてある。家の前の半ば埋もれた花崗岩の大石に腰を下ろして、一刻《とき》を過すことが何日も続くこともあるが、何週間も途絶えることもある。僕は百姓の風下《かざしも》に置いてもらっている者であり、祈ることや眺めることと同じほど大切な百姓仕事に、追われることも多々あるからである。それに雨の日もある。雨の日でも、上下の雨合羽を着込んだままで石に腰を下ろすこともあり、そういう時には雨の日暮れの眺めがあり、祈りもあるが、雨の日は大がいは仕事が済めばすぐに家に入る。

また何日かして、これだけは規則正しく山羊とニワトリのエサやりを終えて、つまり一日の最後の仕事を終えて、僕は半ば埋もれた花崗岩の大石にいつものように腰を下ろしていた。その日は新月が生まれた日で、生まれたばかりの本当に絹糸のように細い月が、弥陀の山の端の方に沈んでしまったばかりの時だった。五月の半ば頃だったろうか。

僕は、山の向うに消えてしまった新月の余韻を慈しみながら、カレンダー上の月日ではない、自然の巡りの上での新しい月が巡ってくるひそかな祝祭と驚きの気分に浸って、そこに腰を下ろしていた。すでに新緑の季節は熟し切り、夏の気配が山々にはあった。右手の低い山の稜線に、一本の大きなアコウの樹があった。そのアコウの樹も、すでに暮れ切って黒々としたかたまりになっている山の姿と同じく、黒いシルエットとなって、まだほの明るい空に独特の傘のような姿を見せていた。山の稜線から突き出して独自のシルエットを作っているのだから、そばまで行けばずい分な大木なのだろうが、僕の所から見れば、それはかろうじてアコウの樹と見分けられる傘のようなものでしかなかった。僕はそのアコウの樹の黒い影が好きで、夕べの祈りの時にはいつもその黒い影に眼を止め、しばらくの間はその姿を眺めるのだった。

アコウの樹から地上へと眼を移した時、先日の放り棄てた花崗岩片がまた眼に入ってきた。その日は、花崗岩片は《さびしい》とは言わなかった。僕の印象では《さびしい》という言葉をなす以上にさびしい、執拗な醜ささえ放つ存在として、その石はそこに在った。

一見して無価値なもの、邪魔なもの、淋しいもの、弱いもの、醜いもの、しかしながら自然に存在するもの、そういうものとお前は関係を断つつもりなのか。という問いがなぜかそこに在った。その問いは強く深いもので、僕の意識の奥に在るあるものとぴたりと呼吸を合わせていた。

僕の意識の奥に在るもの、というのは、世に観音菩薩と呼ばれているものであった。観音菩薩と呼ぶといかにも古くさいが、古くさければヴェーダーンタ哲学の呼び名によるアートマンと呼びかえてもいい。アートマンとは、自己、あるいは真我、あるいは真已と意訳される私の神性であるが、その神性は自己にかかわる自己である故に、様々な個性的な呼び名を持っている。ある人が、なぜかシヴァ神にひかれシヴァ神の御名を呼ぶのは、その人のアートマンがシヴァ神的な個性を持っているからであり、ある人が虚空蔵菩薩の名を呼ぶのは、そのアートマンが虚空蔵性を帯びているからである。信仰の世界において様々な神仏の呼び名があるのは、自己であり真我であり真已であるアートマンが、そのような様々な光を放つ神仏として現象するからである。一人の人間が、自分の本質をキリストともブッダとも呼ばず、観音と呼ぶのは、彼のアートマンがキリスト性でもブッダ性でもなく、観音性を帯びているからである。観音性にもまた様々な側面があり、般若心経によって知られる叡智としての観音性もあれば、延命十句観音経によって知られる観音性もある。法華経の普門品、いわゆる観音経によって示される観音性というものもある。ここで僕が自分の観音性として見詰めているものは、十二世紀の貞慶上人作とも伝えられている「観音和讃」の内に示されているものである。

帰命頂礼観世音
むかしは正法妙如来
未来は光明功徳仏
十大願のうみ深く
いまこの娑婆に示現して
いきとし生けるもののため
大慈大悲の手を垂れて
種々に済度をなしたまふ
譬えばよろずの水澄みて
一つの月のうつるごと
感応霊験あらたなり

——後略

ある人は、神を求めて高く飛翔して行く。ある人は仏を求めて深く潜る。しかしまたある人は、十大願のうみ深く、いまこの娑婆に示現して、いきとし生けるもののため、大慈大悲の手を垂れて、種々に済度をなしたまふ、そのような道を歩くべく定められているのである。

僕はしばらくその石を眺めていたが、やがて立ち上り、歩いて行ってその石をかかえ上げた。ずしりと重い石の手応えは、かかえ上げた瞬間から、安定感のある暖かい存在物に変化していた。再びその石を投げ棄てる気持はなかった。石をかかえたまま僕は家の中に入り、自分の礼拝室兼書斎の部屋へと運んで行った。土がこびりつき、汚れたままであったが意に介さなかった。

部屋の電燈をつけ、その明りのもとで改めて眺めると、その石は道ばたに棄てられていた時とはよほど異なる趣きを放っていた。その石は、まぎれもない石という存在物で、それだけで充分に美しかった。土がこびりつき、汚れたままであることがむしろ新鮮であった。

その日以来、僕はその花崗岩片と同居しているわけだが、何年か経た現在でもそれと同居していることの安定感は変らない。僕の側からすれば、その石を眺めるたびに、存在するということのありきたりの永遠性の現われをそこに眺めるのであるが、石の方から僕をどのように眺めているのかは判らない。判っていることは、その石としても決して僕を邪魔ものにはしていないということで、それはお互いに眺め合うときの安らかな視線によって、知られるのである。

ジョーの石

十数年前、僕達は自分達を「部族」という名で呼び、身心ともにひとつの激動の中に立っていた。

核兵器を頂点とする現代の合理主義産業文明、及びそれを基礎とする国家社会の中の生活に価値を見出さず、自らの手でここにあるものとは別の生活圏を作り出して行きたい、と僕達は思っていた。僕達が自分を「部族」と呼んだのは、古代社会や未開社会の内に見られる部族《トライブ》という社会概念が、新しく幸福と自由を求める人間性の理想的な社会的単位の規範としてあるのではないか、と判断したからにほかならなかった。日本中、あるいは世界中のすべての先進国家内に、無数の「部族」的な集まりが出現し、国家を内部から崩壊させつつ同時に新しい社会を作りだしていくという、大きな夢を僕は見ていた。具体的には、それは、自分達の場を自分達で作り、自分達で維持していくというコミューンの発想であった。核兵器を頂点とする現代の合理主義産業文明を部分的にしか肯定せず、それを基礎とする国家社会を暫定的なものとしてしか肯定しない無数の自由共同体《コミューン》が出現することによって、この社会はそれだけ確実に変革されてゆくだろう、という見通しだけを僕達は持っていた。僕達は政治的な革命家の集まりではなく、主として音楽家や詩人や画家であり詩的な魂を持った者達だったので、それ以上の理論や教条は持たなかった。

「部族」は、ひとつの社会的運動《ムーブメント》であったが、同時にそれはひとつの精神変革の運動《ムーブメント》でもあった。精神というものは、何よりも深く個人にかかわるものであるから、教条性を導入しない限りは組織ではありえない。僕達は自由人であり、深く教条性を嫌っていたので、「部族」はただ個人の集まりであり、組織ではなかった。精神の地平には、すべての個人の「自己」の神性、ということが見えていた。僕及び僕らの本性は、神あるいは仏と呼ばれる「自己」、それであるはずであった。それを実現することが、ただ個人の問題であるならば、隠者や単独者としての個人の道を歩けばよい。人間がどうしようもなく社会的な存在であり、当時の僕の好きだった言葉でいえば、世界内存在であるならば、その「自己」なるそれを求める場は、何よりも「部族」社会において可能なはずであった。というより、すべての個人が、個々のそれを実現するための場としてこそ「部族」社会が必要であると思われた。

ジョーに出会ったのは、僕がそのような「部族」運動《ムーブメント》の中にあり、自分自身の場に向けて本当の旅をはじめなければならぬ必然に迫まられていた時であった。

ジョーは、外国人のような少し赤味がかった頬ひげとあごひげをぼうぼうと伸ばし、静かなうつむき加減の眼をした若者として、放浪の旅人として僕の前にあった。僕の方は、意識においては永い旅の途についた者であるけれども、すでに結婚して三人の子供があり、借家ながらも自分の住む家を持っている三十才過ぎの者として彼の前にあった。一九七一年か二年のことだったと思う。

ジョーの第一印象は、すばらしい笑顔を持った人ということと、歯が美しい人ということであった。ジョーの笑顔は独特で、それまで僕が出会ったどんな人とも全く異なったものだった。その笑顔は、なんの曇りもないとても明るいものであるけれども、同時にとても底深い悲しみをたたえた笑顔であった。ジョーが笑うと、美しい歯がきらきらと光り、眼から明るさと悲しみがひとしく流れだしてくるので、僕としてはわれともなくその奥に吸いこまれてしまうのだった。初めて会った瞬間から、僕はジョーの中にもう一人の美しい僕を見てしまったのだった。

人間の出会いというものは、必然であると同時に不思議なものである。ブッダが、人間の苦の中のひとつとして、会いたくない人に会う苦しみということを挙げているとおり、そのような出会いが避けがたくある一方では、一度出会っただけでその魂が永遠的に結ばれてしまう人もいるのである。

ジョーの明るい悲しみを秘めた笑顔を初めて見たとき、この人は僕より確かに若いけれども、僕より確かに深い世界を見てしまった人だということが、はっきりと感じられた。

ジョーはその時、ヨーロッパを起点に中近東・アフガニスタンを経てインドに入り、インドからネパールに上り、ネパールで師と呼べる人に出会い、その人との長い共同生活を終えて日本に帰ってきたところだった。正確なことは覚えていないが、二年か三年間にわたる長い旅であったはずである。ジョーが師と仰いで共同生活をした人は乞食《こつじき》であった。乞食《こつじき》と呼ぶと日本ではいかにも呼び名が悪いが、インドやネパールの社会では、かつての日本もそうであったように、乞食《こつじき》で生命を保ちつつ神及び仏との永遠の日々を過ごす行者は、決っしてめずらしいものではない。年に何万何十万人という人が、飢えゆえに死んでゆくインド・ネパールの社会で、乞食《こつじき》によって生命をつなぐことはもとより至難のことのはずである。それにもかかわらず、神に身をゆだねた神の人達は、この世の楽しみを放棄した無欲という徳と、強じんな意志の力によって神の喜びを人々と共にしつつ、むしろ光り輝きながら生き続けて行くのである。インド・ネパールの社会には、寺院や教会などに所属していなくても、旅から旅へと歩いて行く神の人達を養って行くだけの社会的伝統がまだ強く残されている。その典型的な例は、バウルと呼ばれている放浪者達で、彼らは簡単な楽器をたずさえて村から村へ、町から町へとあてどもなく旅を続けて行く。音楽はやるけれども、決っして旅芸人とは見なされていず、神の平和をもたらす者、神の喜びをたずさえてくる使者として迎えられる。

ジョーが師と仰ぎ、共に乞食《こつじき》生活をした人は、そういう生活に入る前にはネパールの高名な寺院の僧侶で、ネパールの信仰社会にあっても五本の指の内に数えられたほどの人であったという。その人がどういう経緯で僧籍を脱して乞食生活に入ったのか、また、ジョーがどのような経緯でその人に出会い、その人と共に暮すようになったのか、僕は知らない。僕がジョーから聞いたのは、ジョーはインドに入って間もなくパスポートと所持金の全部を失い、ひとりの乞食としてインドとネパールの旅を続けたということだけである。インドからネパールへは夜の闇にまぎれてひそかに密入国したという。インド・ネパール社会のあのおぞましい乞食の群れを見たものにとっては、その群れの中に身を置くということが何を意味するかはすぐに判る。それはひとことで言えば廃人になることである。二本足で歩いてはいるものの、死なないことだけが願いの犬になることである。ジョーは冬のカルカッ夕で、凍え死にしないためにインド人の乞食達と体を暖め合って眠ったことを、遠い思い出としてちょっとだけ話してくれた。

「何故、大使館に行かなかったの？」

と尋ねると
「そりゃ、旅を続けたかったからさ。大使館に行けば強制送還だもの」

とジョーは答えた。

初めて出会った時から長い時間が経って、その頃ジョーからどんな話を聞いたのかは、今はもうほとんど覚えていない。けれども、ひとつだけ是非とも記しておきたい話がある。それは、その師と仰ぐ人とジョーが二人で鳩を殺して食べた話である。

二人はもう何日間かろくにものを食べていなくて、とてもお腹が空いていたそうである。そのうえ師と仰ぐ人は病気をしていて、体の力がとても衰えていたそうである。ジョーはもう何か食べさせなければいけないと、必死に探し求めるけれども、神はなにものも与えてはくれなかったそうである。そのとき、思いもかけず鳩をつかまえて食べるという考えがわき、ジョーは一羽の鳩をつかまえてその人の所へ持って行った。すると、仏教徒であるその人は鳩を受け取り、クッとその首をひねったそうである。ひねる時に、ものすごく優しい沁み入るような眼で、ジョーを見たそうである。その眼はにっこり笑っているようにさえ見えたという。そして二人は、シメた鳩の毛を抜き、火で焼いて食べたのだそうである。

「うまくて、うまくて、もう」

と言ったジョーの笑顔を、僕は今でもはっきりと思い浮かべることができる。その笑顔が、ジョーの笑顔、限りなく明るい、と同時に限りなく悲しいその笑顔だったことはもちろんである。その話を聞いた時、僕は何故かそのジョーの師と仰ぐ人が、本当に師と仰げる人であることを確信し、ジョーがその人の弟子であることも同時に了解したのだった。

ジョーは現在、鹿児島県のトカラ列島の諏訪之瀬島という島に住んでいる。結婚して、今年小学校一年生になった可愛い娘と三人で、主として漁師として暮らしている。

諏訪之瀬島は、よく晴れた空気の澄んだ日であれば、屋久島の南の海上はるかにその島影を見ることもできる位置にある。僕からすれば島続きともいえるし、敢えて隣り島と呼ぶことさえできる。周囲約二十キロほどの活火山島で、総人口が六十人に満たない。

トカラ列島と呼ばれる島々は、屋久島の南方の口之島《くちの》から始まり、中之島《なかの》、平島《たいら》、諏訪之瀬島《すわのせ》、悪石島《あくせき》、宝島《たから》、小宝島《こだから》と続いて、小宝島になるともう奄美大島にほど近い位置にある。最大の人口を持つ中之島でさえ総人口三百人足らず、どの島もわずかな数の人々がそれぞれに集落を作り、海を眺めて暮らしている。その中でも諏訪之瀬島の人口は少く、六十人足らずというのは、ひとつの島社会が島社会として自立できるぎりぎりの数ではないか、と僕は思っている。外界との唯一の交通手段である村営のトシマ丸は、月に平均五回の割合でしか就航しない。

東京育ちのジョーがなぜ諏訪之瀬島に住むことになったかについては、ここでは書かない。だが、当然思い浮かぶ推測として、彼はこの日本という文明社会に見切りをつけて、つまりドロップアウトしてそんな島に住み始めたのではないかということが考えられる。それはまさしくそうなのではあるけれども、もう一歩深い意味においてそれが間違っていることだけは記しておかなくてはならない。ジョーがインドやネパールの放浪の旅をとおして得たもの、師と仰ぐ人との共同生活において得たもの、さらには、一度日本へ帰ってから今度はアメリカ及び中南米の旅に出て行って得たもの、その全部が結局、「愛」という真理に終ったことを僕は知っている。「愛」という真理を見出した人が見切りをつけるものは、自分自身の自我であって、それ以外のものではない。

去年の夏、ジョーは五年ぶりに諏訪之瀬島を出て、一家で東京の実家のお母さんに会いに行った。その途中、鹿児島から船に乗りかえてわざわざ屋久島まで戻って会いに来てくれた。五年ぶりに僕はジョーに会った。一週間ほどの短い滞在であったが、ジョー一家と僕達一家は毎日楽しく遊んだ。島一周のドライブをしたり、諏訪之瀬島を見はるかす国民宿舎の温泉につかったり、家の側を流れる大きな冷たい谷川でソーメン流しをしたりして過ごした。夜は夜で焼酎もくみ交わした。

ある夜に、僕の礼拝室兼書斎の部屋でジョー夫妻と僕ら夫婦と四人で焼酎をくみ交した。普通はその部屋では決っして焼酎は飲まないのだが、ごく親しい友達とだけは一夜そこで心おきなく飲むことにしているのである。その時、すでに部屋の中に置かれてあった花崗岩片が彼の眼にとまった。ジョーはその石を眺めて、

「あの石は何？」

と尋ねた。

「うん。置いておくと何となく気持がいいものだから」

と僕は答えた。

ジョーはその花崗岩片をしばらくじっと見ていたが、それ以上は何も尋ねなかった。僕もそれ以上は説明しなかった。

ジョー一家が屋久島を発つ日の朝、ジョーは何処で見つけたのか一個の美しい石をかかえてきた。その石は、僕の花崗岩片よりは二廻りも小さな石ではあったが、片手で持つには重すぎる感じで、両手でかかえるとそこにちょうどおさまる、大きさと重さであった。

「この石はどう？」

とジョーは非常に真面目な顔で言った。僕はジョーの両手の中にある石を、見た。それは、僕の何の変哲もない花崗岩片と比べて、表面もすべすべとなめらかで、幾すじもの流紋が走っており、石の質としても硬そうで、美しい石であった。

「いい石だね」

僕は答えた。

「じゃあ、あげるよ」

といいながらジョーは、僕が大好きなあのジョーの笑顔を僕に向けた。

僕はその笑顔を、忘れてしまっていたわけではなかった。十何年前の日々のこととはいいながら、ジョーのその笑顔は僕の胸に深く刻みこまれており、忘れられるような種類のものではなかった。けれども、その長い時間の内には僕には僕の旅がありジョーにはジョーの旅があった。一番大きな変化は、ジョーには眼に入れても痛くないほどに可愛い娘がやってき、僕の方は東京の住人ではなく屋久島の住人になったということがあったと思う。お互いに旅はつづいているものの、その旅の姿はずいぶん変った。

ジョーはじっと考えこむと同時によく笑う人で、一週間の滞在の間にも何度もジョーの笑顔には出会った。その笑顔は以前と変らず心をとかすような笑顔であったが、生活者の重みが眼尻のしわにくっきりとよせられて、明るさよりも悲しみの方が少しだけ深いようであった。そしてその笑顔を、僕としてはもちろん、より深みのあるより美しい笑顔として受けていたのだったが、その石を差し出したジョーの笑顔を見たときに、一瞬にしてジョーには昔のその笑顔があったことを思い出されたのである。それは、限りない明るさと限りない悲しみが同時に同じほど放たれている笑顔で、そこに僕が永遠性を見たその笑顔であった。

「ありがとう」

僕は心からお礼を言い、両手を差し出してその美しい石を受け取った。

ジョー一家をその日宮之浦港まで見送り、家に戻ってきてから、僕はそのジョーの石をどこに置こうかと、楽しい思案をめぐらせた。もとより僕は、石の収集家ではない。愛好家でもない。僕が自分の礼拝室兼書斎の部屋に石を置くのは、石としての不変の「自己」を真実に見出すための長い旅の途上の祈りなのである。

石というものは、人間の寿命に比べるとはるかに永い時間存在しつづけるものである。縄文杉は七千二百年の樹令を持つと推定されているが、ここにあるひとつの石は一万年でも二万年でも存在を保ち続けてきたし、百万年でも二百万年でも存在を保ち続けてきた。これからもそのようであるだろう。はかない命しかない人間が、墓石において永遠を願うのは、はかなさを知っているが故の、人間の素朴で普遍な叫び声にほかならないのである。

インド・ネパールのチベット人の居住地域を訪ねて行くと、見上げるほどに大きな自然石から手にのるほどの石に至るまで、種々様々な石に、オン・マニ・パドメ・フーンというラマ教の祈りの言葉がチベット文字で刻まれているのを見かける。水のほとんど流れていない北インドの涸れ谷で、何の石か知らないが白い巨岩がるいるいと連なり、その石の三つか五つに一つにはオン・マニ・パドメ・

フーンの文字が刻まれており、彩色されているのを見たことがある。また現に、まだ刻まれていない巨岩のひとつに鉄ノミを揮《ふる》いつつあるチベット人の姿を見たこともある。大きな岩に大きな文字を刻むことはもちろんのこと、小さな石に小さな文字を刻むことも楽なことではないはずだが、僕が見た限りチベット人達は、亡命の地である北インドの涸れ谷の石に、永遠への祈りの言葉を刻み続けて止むところを知らぬかのようであった。石の命に人間の祈りの命を刻みこむことによって、永い時間と合体しようと願うチベット人の姿は、僕がひとつの石と出会い、その石を自分の礼拝室兼書斎の部屋に置き、今またその石のひとつひとつについて書き残しておこうと思い立ったことに、少なからぬ影響を及ぼしている。チベット人は石に永遠の命を感じ、そこに永遠への祈りを刻むのであるが、僕はひとつの石と出会ったその瞬間に、その石と僕との永遠性を感じて、それを自分のものとして実現したいと願っているらしいのである。僕にとって僕の墓石は（誰かが作るならば）やがて確かに来る未来の、その死の時との融合のひとつの仮りの姿であるかも知れないが、僕がこれまで出会ったいくつかの石と、（「言葉」を刻むという僕の仕事のひとつと、「祈り」という僕の為事《しごと》のひとつが行なわれる部屋において）同居しているということは、確かに過ぎて行かない、過去という永遠との融合の証しとしての、小さな墓石なのかも知れないのである。

　ジョーの石を置く場所はすぐに見つかった。それは僕の花崗岩片の隣りで、そこに二つを並べて置くと、二つの石は本来そこにそうして在ったもののように静かな交歓の呼吸をしはじめたのであった。

尼《ニ》蓮《ラン》禅《ジャー》河の砂

ここ屋久島・一湊《いっそう》・白川山《しらこやま》という集落には、その真中を大きな谷川が流れ下っている。一般には白《しら》川《かわ》と呼ばれる谷川であるが、かつてこの地に開拓民として入り、この地を人の住める地として開き、やがてここを廃村にして去って行った先住者達は、その谷川を大川と呼んだ。大小無数の沢がその中に流れこみ、昼も夜もごうごうと音をたてて流れ下る幅広い谷川は、住み慣れてみると、なるほど大川と呼ぶにふさわしいのである。

今夜もその大川が、夜の静寂の中で深い地響きのような音をたてて流れ下っている。僕の家は、道路ひとつ距てているものの、この川のほぼほとりといってよい位置にある。川のほとりに住めるということは、ひとつの幸いである。深い幸いである。もし住み続けることが許されるならば、僕はこの地に永く住み、死の時がきたらその骨の一部なり全部を、縄文杉の根元に肥やしとして埋めてもらいたいと願っている。僕の身体はすでにこの地に定住し、この地以外をさまよおうとは願わないが、もうひとつの身体とも呼ぶべき魂は、なお永い旅の途上にあって、日々に出会い日々に眺める、終りのないかの如き歩行を続けている。

1

ちょうど十年前の十二月に、僕はまだ二才にならない良磨《ラーマ》、六才の次郎、十才の太郎、妻と共に、ブッダガヤの透明な空気の中を旅していた。涯てしなく続くかと思われるビハール州の大平原の中に、ブッダの目覚めを記念する、高さ百メートルもあろうかという石の大塔が建っていた。その大塔はマハストゥパと呼ばれ、ブッダガヤの空気の中心であった。その季節のインドは乾期で、雨が降るということはなく、太陽は毎日大塔の東から確実に昇り、大塔の西へと確実に沈んで行った。悠大な眺めであった。

ブッダガヤには、インド各地に亡命しているチベット人の巡礼達が群れをなして集まってきていた。チベット人のほかに、もちろん数多くのインド人達がいた。インド人の肌は浅黒くたくましく、チベット人達に比べて一般に背も高く、チベット人達を一段低い民族と見なしているようであった。しかしながらこの仏教の聖地ブッダガヤにあっては、チベット人達はそんなことに気をとられている様子はまったくなかった。彼らは一日中、大塔の周囲をお祈りをしながら土埃にまみれてぐるぐる廻っていた。大塔の内部では投身礼拝をくりかえしたり、坐りこんで大きな経本を声をあげて読んだりしていた。経本に記された黒々としたチベット文字は、僕にはとても神秘的な文字のように感じられた。

チベット人、インド人のほかに、ヨーロッパ人やアメリカ人も点在して居た。彼らの多くは長髪の若者で、中にはインド式やチベット式の服装をしている者もおり、観光客というよりは西欧世界からやってきた、うす汚れてはいるが真摯な求道者と呼んだ方がよい様子であった。僕にはヨーロッパ人とアメリカ人の区別はほとんどつかないが、アメリカ人とおぼしい若い娘が、チベット人の群れに混じって一日中投身礼拝の行をしているのを見たし、マウナといって、言葉をしゃべらない行に入っている、同じくアメリカ人の若い娘にも出会った。西欧世界から来た若者達は、決ってしてブッダガヤの空気に異和することなく、チベット人やインド人に混じって、舗装されていない道路の土埃を浴びて歩きまわっていた。

そのほかに、ぼろのかたまりのような服をまとった、ブータンから来た人々がいた。その年の暮れに、ダライラマがブッダガヤに来てその地で新年を迎えることになっていたので、チベット人と同じくラマ教を奉じるブータン人達も、遠い北の国境を越えて巡礼にやってきたのだった。また、タイやビルマやマレーシヤから来た人達もいた。スリランカからやって来た人もいた。

そしてまた、もちろん日本人もいた。日本人はかなり独特であった。僕達のように、質素な身なりで、主としてチベット人とインド人が圧倒するブッダガヤの空気に真剣に溶けこもうとする若者達もいたが、日本人の多くは団体で、いかにも金持そうな服装をし、巡礼ではなく観光客の雰囲気を身に輝かせながら歩いていた。僧侶の一団でさえもが、巡礼者というよりは観光客であった。チベット人達が、一日中数珠をくりながら大塔巡りの行をしたり、一ヶ所で何百回もの投身礼拝をしたり、あるいはまた自分の体を地面に投げ出してその分だけ前に進み、起き上って合掌してからまた地面に体を投げ出して、その分だけ前に進むというやり方で大塔巡りをしている傍らを、日本人の観光団や僧侶の一団は、もの珍しいものでも見るように笑いながら通りすぎて行くのであった。

インド人達は少しも陰気なところがなく、大人から子供に至るまで、この仏教の聖地にあってはひたすら商売に精を出しているように見受けたが、その商人達の傍らを、また日本人観光客や僧侶の一団は、半信半疑の疑うような眼つきで通りすぎて行った。彼らは、この地においてブッダが法に目覚めたという、その目覚めるという意味を深く思う様子はさらさらになく、主として写真を撮ることに熱中しているように見受けられた。

けれども、これらの日本人を含めたすべての巡礼者達や商人達、緑深い樹々や動物達の群れを貫いて、ひとつの悠久としか呼びようのない永い時が流れていた。時は、あまりゆっくりと深々と流れているので、流れているというよりも、むしろ止っているようにさえ感じられた。千年の昔、二千年前の昔が、そこにそのまま「今」としてとどまっているように感じられたのである。そして、その悠久な「今」の中心部に、マハストゥパと呼ばれる石の大塔が、静かにどっしりと、無言でそびえ立っていた。大塔は、ひとつのゆるぎない聖なる存在として、深くそこに在った。夜が明けるとその東から太陽が昇り、夕方になるとその西に太陽が沈んだ。大塔という存在が、太陽をさえも輝かしく聖なるものに見せてくれるのを、僕は眺めた。

ブッダガヤは、まぎれもなくひとつの人間の「場」であった。その場には境界というものがなく、時間さえもないように感じられた。その中心はマハストゥパと呼ばれる大塔であるが、それは、富と権力という人間社会に固有の現象を、全く持たない中心であった。そうかと言って、大塔が人間社会に属さないかと言えば、そんなことは決っしてなかった。大塔は人間社会の真只中に、そこに、ほかならぬブッダガヤの中心としてあった。ブッダガヤという「場」の中心は大塔であった。そこには悠久な時が流れており、人間はその時の中で、各々自分の為《す》るべきことに精を出していた。祈る者は祈り、行ずるものは行じ、商売をする者は商売をし、稲を刈るものは稲を刈り、牛を追うものは牛を追い、旅する者は旅をつづけ、子供達は遊んでいた。そこには深い平和があった。その平和は、平和運動の平和とは少し質の異なるもので、そこで呼吸をし、そこで商売をし、そこで祈り、そこで旅をつづけ、そこで稲を刈り、そこで牛を放つこと自体が、ひとつの深い平和であるような、平和であった。

ブッダガヤがそのような場としてこの地上にあることを、僕は決っして忘れることはできない。

2

大塔のすぐ近くに、スジャータ寺院と呼ばれる、かなり広い境内を持ったひっそりとしたお寺があった。食欲という肉体の欲望を極限まで抑える苦行をして、痩せ衰えてこの地にたどりついたブッダに、スジャータと呼ばれる村娘が一杯のミルク粥《がゆ》を供養した。ブッダはそのミルク粥を食べて気力を回復し、一本の菩提樹の下に坐り、そこで永遠のダルマに目覚めたのだった。

スジャータ寺院は、大塔のすぐ側にあり、大塔と同じく仏教徒にとっては大切な場所であるはずなのに、ひっそりとして、信仰深いチベット人達さえも誰一人として入るものはなかった。表門には鍵さえかかっていた。

仕方なく僕は裏手に廻り、木戸のようなものをくぐってその境内に入った。スジャータ寺院は、大塔とちがって少しも開放されておらず、他の場所からは入れない隔絶されたお寺だったのである。煉瓦に白い塗料を塗って建てられた建物に近づいて行くと、色黒のインド人が出てきた。寺番というか寺僧というか、その中間のような感じの中年の感じのよい人だった。スジャータ（仏教徒）に仕えるインド人とは意外だったが、教えられるままに一輪のオレンジ色の花（茎がついていない花だけの花）をもらって、堂内に入った。スジャータの像に、その一個の花を捧げて礼拝したが、そのスジャータがどのような姿の像であったかは今はもう全く覚えていない。ひんやりとした清潔な堂内の空気だけを、思い出すことができる。

お堂を出ると、そのインド人が手招いて、境内を案内すると言う。スジャータのお堂一つのためにしては、この寺院の境内はあまりにも広すぎるので、何か他にもあるのだろうと思ってついて行った。すると次から次へ現われてきたのは、ヒンドゥ教のシヴァ神の象徴である、シヴァリンガムを祀った小堂の列であった。シヴァリンガムとは、男根と女陰を組み合わせた石の造形物であるが、実際には造形はきわめて抽象化されており、見た眼にはそのような感じはまったくない。生殖と死を司《つかさど》るシヴァ神のひとつの象徴なのである。インド・ネパール社会にあっては、このシヴァリンガムは街角や大樹の下、寺院など至る所で祀られている。僕が驚いたのは、シヴァリンガム自体にではなくて、いわば仏教の女神であるスジャータ寺院の中に、ヒンドゥの神の小堂が、小堂とはいえ十も二十も建てられていることであった。これではチベット人達が入って来ないわけで、表門を開ける必要もないから、門には鍵がかかっているわけであった。インド人達にした所で、スジャータ寺院と呼ばれ、その本尊がスジャータであるようなお寺には、そうそう足は向かないのだろう。それは仏教とヒンドゥ教が混じり合った、ヒンドゥ色の濃い奇妙なお寺で、それ故に両者から隔たっているひっそりとしたお寺なのであった。

スジャータが苦行者ブッダにミルク粥を供養したのは、食べるという行為を無心の内に肯定し、それをブッダに勧めたのであった。ブッダがそれを受けたのは、食べるという行為を有心の内に肯定したからにほかならない。ブッダがその時受け入れ、肯定したものは、食べるという行為《こと》であり、肉体のもうひとつの欲求である性欲や生殖という行為《こと》ではなかった。けれどもあるヒンドゥの人々は、そのブッダの食べるという行為の内に、肉体の肯定という思想を見出し、性としての肉体もまた、その神性において当然祀られるべきであると考えたのであろう。

スジャータ寺院を表門から入って行けば、うっそうと繁った木立の中に、それらの二十幾つかのシヴァリンガムの小堂があり、その最後にスジャータのお堂があるという構図になっている。性としての肉体を、神聖なものとして礼拝しつづけていった終りに、食物を捧げる、あるいは食べるというもうひとつの肉体性の肯定が、突然礼拝されるのである。だからスジャータ寺院にあっては、スジャータがブッダにミルク粥を供養したという行為が讃えられていると同時に、食物を摂り子孫を生み育てるものとして女性なるもの、女神としてのスジャータが同時に祀られてあったのである。

そこは、僕には不思議な空間であった。小堂から小堂へたどる道には石畳が敷きつめられてあった。靴はあらかじめヒンドゥ寺院のしきたりに従って入口（裏口）で脱がされているので、裸足の足裏から冷たい霊気のようなものが立ち上ってきて、日射しは汗ばむほど暑いにもかかわらず、全身にぞくぞくするような寒さが感じられた。ひとつひとつの黒光りする石のシヴァリンガムは、すべて清潔に磨きあげられてあった。あるものには一輪の花だけが捧げられてあった。あるものにはただ水だけがかけてあった。あるものにはなにもなく、あるものにはたくさんの花が胡蝶のようにふりまかれてあった。そこは、性という肉体が肯定されるべきはずの場所でありながら、僕に伝わってくるものは、性の交わりは断たれるべきであるという感覚、性の交わりは少くとも限りなく清められるべきであるという感覚にほかならなかった。シヴァリンガムの小堂は、すべて厳そかで、ひとつひとつにお参りして行く内に、足もとから伝わってくる冷たい霊気は次第に強くなるばかりでなく、しまいにはそれが高じて悪寒さえ感じたほどであった。

一巡してスジャータのお堂の前に帰ってくると、同じ石畳の上ながらそこはなぜか暖かかった。僕はもう一度そのお堂に入って礼拝をした。そこにはスジャータと呼ばれる暖かい女神がおられ、ひんやりとした空気は流れているものの、足裏からくる霊気のようなものは少しも感じられないのであった。

ブッダガヤの一角には、そんなお寺もあった。そしてそのお寺が、僕が呼ぶ「場」のひとつの姿であることは、今もなお少しも変っていない。

3

ブッダガヤには、各仏教国の様々なお寺が建てられてあった。どのお寺も広い意味での大塔の境内にあり、それら各国のお寺が終って商店街が始まったり、田園風景が開け始めると、自然消滅的にそこから境内ではなくなって、インド人達の生活圏に連ってゆくのであった。その広さは大塔を中心にした半径七、八百メートルといった所であろうか。スジャータ寺院も、もちろんその広い意味での境内に含まれている。

僕の眼に入った限りで、日本寺、タイ寺、中華寺、チベット寺、セイロン寺などの寺々が、それぞれに各国ごとの特徴を示して建てられてあった。この内最も賑やかなのはチベット寺で、いつ訪ねてもチベット人達の群れでいっぱいだった。ダライラマの到着の日が近づいていて、インド各地の亡命地キャンプに住んでいるチベット人が、ぞくぞくとブッダガヤ目指して集まりつつあったからである。僕はチベット人及びチベットの文化には強い興味を持っており、従って大塔以外の場所としては一番足繁くチベット寺にお参りしたが、チベット人やその文化について記すことはこの章のテーマではない。

ブッダガヤに到着したその日から、一人の奇妙なタイ僧の姿が眼に入ってきた。その人は普通の僧とは違って、なぜか頭に木製のヘルメットのようなものをかぶり、真黒のサングラスをかけ、オレンジ色に塗った長い竹竿を持ち、その竹竿に数珠や旗を結びつけ、絶えず踊るように歩きまわり、大声でわめき散らし、歌い、周囲の人々の好奇心と軽蔑を一身に引き受けているような人であった。身につけているものが僧衣でなかったら、とても僧とは思えない人であった。十歳の太郎は、彼を一目見るや、あれは精神異常だと断定し、僕もそう思うのだが、精神異常として棄て切れない何かをその人は持っていた。精神異常と言うならば僕もやはりその一人かも知れないし、何が正気で何が精神異常なのかは、正確なところ僕には今だにはっきりとは判らないのである。

しかしながら、ひとつの場にあって普通ではない人物に出会うということは、出会うこちらも普通ではないことになってしまいそうで、僕は敢えてその人に近づこうとは思わなかった。その人は、ブッダガヤの人混みの中でもすぐ目についたから、そういう時には彼と正面からぶつかることのないように、そっと道をよけるようにしていた。

ところがある日、大塔の内奥の、ブッダの像が祀られてある聖室の中で、僕はその人と一緒になってしまった。聖室の中は、ローソクやバターランプで照らされてはいたが、その光が届かないうす暗い所もあり、そういう所ではチベット僧達が坐り込んで、一日中じっと経文を読んでいるのだった。参室者の出入りは絶えなかったが、いつでも数人ないし十数人の人々が、ブッダ像の元に深い祈りを捧げており、ブッダガヤの悠久の時と厳粛さはこの広い石の一室において頂点に達していた。

僕が入って行くと、そのタイの僧が何本ものタイの旗をかざしてどかどかと歩きまわり、何やら大声で叫んでいた。道路上や広場でそのような行為をするのは勝手であり許されもしようが、その石の部屋はブッダガヤの聖所の中の聖所であり、そういう行為をすることはよほどの精神異常でなければできないはずであった。その場で彼に出会ってしまったことを、僕は彼のためにも自分のためにもとても辛いことであると感じたが、彼が騒ぎまわるのにはかかわらず、自分の礼拝を済ませて、その石室を出た。

その日の午後は、僕は予定としてはタイ寺にお参りしてみる積りだった。朝の出来事があったので、よほど予定を中止しようかと思ったのだが、それではその僧を恐れていることになりかねず、僕として彼を恐れる理由はなかったので、予定どおりお参りすることにしたのだった。

大塔の西のはずれにあるタイ寺への道は、人通りもまばらで、午後の暑いほどの日射しが明るく照りつけていた。その道を歩いて行くと、後から何やら叫びながら足早に近づいてくる者があり、振りかえって見れば、やはりあの僧であった。僕達に追いつくと、僧は歩調をゆるめ、二、三メートル離れた位置を並んで歩きはじめた。彼は大声で、演説かアジテーションのようなものをやっていた。それが僕達に聞かせるためなのか、ただ勝手にやっているのかは判別がつかなかった。僕にはもちろんタイ語は判らないのだが、アメリカがどうの、ドルがどうの、ヴェトナムがジャパンがイングランドがどうのという、呼び名だけは否応なしに耳に入ってきた。

こういう人と一緒にタイ寺に行くのは気が重かったが、今さら引き返すわけにもゆかず、結局僕らは彼と足を揃えてタイ寺に入る形になった。外光が射しこむ明るいお寺の本堂では、その人と僕達一家だけになったのである。

そこに祀られてあるブッダ像は、全身が金で塗られている、見上げるほど大きな金色に輝くブッダであった。僕達は、インドに行く途中で一週間ほどバンコックに滞在し、その間いくつかのタイのお寺にお参りをして知っていたが、そこに祀られてあるブッダ像もまさしくタイ様式の、まばゆいほどに金色に輝く姿であった。じっと僕を見下ろしておられるブッダの両眼は、深い慈しみと深い悲しみの光りを放っておられ、よく見ると涙を流しているようにさえ思われた。

例の僧は、本堂に入ってからもしばらくは演説を止めずに叫んでいたが、その声は次第に弱々しいものになり、いつのまにか静かな涙声にかわっていた。僕は床に坐っていたが、彼は立ったままであった。彼は、震えながら両手をブッダの像へと差し出し、両眼からぼろぼろと涙をこぼしていた。そして祭壇に近づき、マッチをすって一本一本のローソクにていねいに火をつけつつ、タイランド、タイランド、タイランド、タイランドと泣きながらつぶやくのだった。その声は、深いトランス状態に入った人の声のようで、僕の胸にも悲しみの火のように流れこんできた。それほどに悲しく、深い人間の声を、僕はそれまで聞いたことがないと思った。

両手を合わせて、金色に輝くブッダ像を仰ぎ見つつ、僕も思わずその僧とともに泣いた。

タイランド。

タイランドとは一体、何の呼び名だったのであろうか。それはむろん民族としてのタイランドの呼び名であるが、実は僕達人間の呼び名そのものにほかならず、さらにいえば、僕達が求めている民族を越えた平和の「場」、そのものの呼び名にほかならなかったのではなかろうか。

4

尼蓮禅河《にれんぜんが》という神秘な河の名前を初めて知ったのは、小さい頃に絵本か何かで三蔵法師の物語りを読んだ時のことだったと思う。幼な心にも(幼な心ゆえに)その河の呼び名は、この世のものではない、まさしく神秘な世界を流れている河の名として、深く刻みこまれてしまったのだった。ユングやフロイドの心理学を待つまでもなく、幼児体験というものは、その人の生涯に大きな影響力を及ぼさずにはいられない。

幼児体験として神秘を見た者は、神秘という言葉を知る知らないにかかわりなく、大人になっても自分の胸底にその同じ神秘を宿しているものである。本人がそのことを忘れ去っていたとしても、その胸の奥底にやはりそれが宿っていることに変りはない。そして、自意識、あるいは自我というわくが明瞭に自覚される以前の幼時期や少年前期にあっては、すべての幼児達や少年達は、百度ならず神の手に触れられて、その神秘の世界を見た経験を持っているはずだとも思う。

僕の場合は、記憶の奥に「尼蓮禅河」というひとつの呼び名があり、その呼び名は神秘の扉を開くためのひとつの鍵にほかならなかった。

ところがブッダガヤに到着するまで、僕はうかつにも、その地に尼蓮禅河という河が流れていることを知らなかった。

ブッダガヤに到着して、ブッダ成道の大塔の正面門前に身を投げ出した時、先のタイ僧ではないが、なぜそんなに涙がほとばしり出るのか自分でも判らないほどに、声を放って泣きに泣いた。それから主ブッダの像のある大塔内の聖室に入り、そこでもやはりあふれる涙とともに身を投げ出して礼拝をした。一時間もその石の部屋の中に居ただろうか。塔内を出て明るい外光の中を歩いているとき、日本人の旅の若者に会った。その若者が、近くにニランジャー河という河が流れており、それは日本名でいう尼蓮禅河であることを教えてくれたのだった。

「尼蓮禅河」という呼び名を聞いたとき、僕の胸の内で何か遠いものの名が呼ばれるのを聞いたと思った。それは本当に長い間、僕の胸の内で光を当てられることなく忘れられていたので、はっきりと光の中に出てくるまでにはしばらく時間がかかった。とはいえ、それは三十秒かせいぜい一分くらいの時間だったと思う。そしてそれは突然に光の中に出てきた。

「尼蓮禅河」

ブッダガヤという地は、ブッダ目覚めの大塔のある地であったばかりでなく、「尼蓮禅河」の流れる地でもあったのだった。

ある日、僕達五人は、少しふんぱつしておいしい弁当を作り、カリントウのようなインド菓子なども買いこんで、そのニランジャー河に行った。大塔から二キロか三キロほど離れた所に、その河はあった。豊かな水量の大河だと思い込んでいたのだが、河幅の広さにおいて大河には違いないが、水は中央部分をほんの少し流れているだけだった。インドでは十月から翌年の四月までは乾期で、雨が降ることはめったにない。そのせいで水が少ないのだろうと推測された。広い河床はほとんど干上がり、暑くなってきた昼前の太陽に照らされて、白い河砂がいちめんに輝いていた。

ニランジャー河を実際に見るまでは、僕はたっぷりと流れる河を眺めながら、その河岸の土手で家族でお弁当を食べようと思っていた。けれどもその河を見たとき、これならもしかしたら歩いて渡れるかも知れない、という考えが起こった。「尼蓮禅河」の彼岸に渡ることができるかも知れない、という考えが起こったのである。

僕は子供達や妻を促して、土手から河床へ下り、まぶしく白く輝く砂の上を、向う岸目指して歩きはじめた。大塔附近の、チベット人とインド人を主とする人間の群れはそこには一切なく、僕ら家族のほかには人影すらなく、しんとした静かさがあるばかりだった。

河水は、そばまで行ってみると予想していたとおりに、歩いて渡れる深さだった。流れは透明でさらさらしており、やっと二歳になろうとしていた末っ子のラーマでさえも、手をつないでやれば自分で歩いて行けるほどである。それでも河であるから、どこに深みがあるか判らない。「尼蓮禅河」を渡るのであるから、どこに危険がひそんでいるか判らない。僕はラーマの手を握って、注意深く渡って行った。だが、河には深みも危険な場所もなく、三十分くらいの内に僕らはすっかり渡り切ってしまったのである。

振りかえってみると、今度は河向うの森の彼方に、大塔や小塔、スジャータ寺院の屋根などが、陽を浴びて静かに光っていた。先程までは此岸《しがん》であった場所が、今は彼岸になってそこに静かに息づいていた。そしてまた、つい先程までは彼岸であった「尼蓮禅河」の向う岸が、今は此岸になって僕達はそこに立っているのだった。それは一種不思議な感覚だった。河床いっぱいに太陽は惜しみなく降りそそぎ、河砂はまばゆいほど白くきらきらと輝いていた。無数の陽炎がゆらゆらと立ちのぼっていた。そこは彼岸であると同時に此岸であった。此岸でありながら、同時に彼岸であった。

般若心経の終りに唱えられる、「掲帝《ぎゃてい》　掲帝《ぎゃてい》　般羅掲帝《はらぎゃてい》　般羅僧掲帝《はらそうぎゃてい》　菩提僧莎訶《ぼじそわか》」という大咒《たいしゅ》を、中村元、紀野一義さんの訳になる岩波文庫版では、

往ける者よ、往ける者よ、彼岸に往ける者よ、彼岸に全く往ける者よ、さとりよ、幸あれ。

と訳出している。般若心経は僕にとっては日常的に唱えているものであったから、その終りの大咒《たいしゅ》の意味する「彼岸」という言葉、サンスクリット語でパーラと呼ばれる言葉は、特別の響きをもって

僕の内に在ったのである。

水が流れているところまで引き返して、水際の砂に腰を下ろして皆でお弁当を開くと、それまで人影もなかった河原に、不意に一人の女乞食が現われた。女乞食は、真っ直ぐに僕達の所へやってきて、お弁当をのぞきこむようにして手を差し出した。せっかく家族水いらずで、静かにお弁当を食べようとしていたのに、そこはやはりインド世界であった。水いらずなどという日本的情緒が容易に許される場ではなかった。僕も妻も無視して食事をつづけたが、無視すればするほど、女乞食はしつっこく、ほとんど僕らの鼻先まで手を差し出してきた。たまりかねた妻が、かりんとうの三つ四つをその手の上にのせてあげると、女乞食は不機嫌な様子でその手をひっこめ、二、三メートル離れた場所に移ったが、そこから去ろうとはしなかった。

その時また、向う岸（大塔側）から鐘や太鼓を鳴らしながら、一団の人々がやって来るのが見えた。一団の七、八人の人々は、水辺に向けてどんどん近づいてきた。見れば、それは小さな葬式の一団で、二人の男の肩にかつがれた柩の大きさからして、小さい子供の葬式であるらしいことが察せられた。岸と水の流れとの中程まで来ると一団は止まり、そこにたちまち薪の山が積み上げられた。石油らしきものがかけられて、火が燃え上った。柩はその上にのせられ、やがて白黄色の煙が立ちのぼりはじめた。それは、僕達がインド世界に入って見た、最初の人焼きの煙であった。インド・ネパール社会にあっては、河の土手や河原は屍体を焼く場所である。僕は「尼蓮禅河」の名に魅せられて、知識としては知っていた河原の性質というものを、すっかり忘れてしまっていたのだった。

そういうわけで、眼の前には人を焼く煙がもうもうと立ち昇っていたし、すぐ側では、もう手こそ差し出してこなかったが、まだ女乞食が坐りこんでいた。

僕達は黙って弁当を食べた。弁当はろくに喉をとおらないので、ゆっくりと食べるほかはなかった。もうその場から逃げ出すわけには行かなかった。

彼方には、森の緑が美しく輝き、その森の上に大塔や小塔やスジャータ寺院の屋根が見え、この地方の王《ラージャ》が住むという館《やかた》の白い壁も見えていた。こちら側には、まばゆく輝く白砂の河原と、透明にきらきら光りながら流れるニランジャー河の浅い流れがあった。

ブッダは、この岸辺でスジャータと呼ばれる村娘からミルク粥の供養を受け、食べない、という苦行をすることをやめた。僕達は、食物あふれる日本という国からやってきて、この岸辺で、食べるということがひとつの苦行であることを、はじめて知ったのだった。

弁当を食べ終ると、いつのまにか女乞食はもう居なかった。人焼きの煙はまだ高く昇っていたが、それは、人は生まれたものであるからには死ぬものであることを示していた。

ブッダの大塔は、彼方に見えているだけで力強いものであった。その石の大塔は、確かに法《ダルマ》の存在としての輝きであり、生まれることと死ぬことを超えたものであった。その大塔は、その時の僕らの位置からして彼岸にあるものであったが、河を渡れば今度はそちらが此岸になるだけであった。あるものはただ、法《ダルマ》であった。その法《ダルマ》の象徴として、森の上に大塔が力強く輝いているのだった。それが、主ブッダであった。

東京を発つ時に、従妹が子供達のためにと、ドロップのカンを一箱プレゼントしてくれた。そのドロップを大切に食べさせながら、バンコック、カルカッタ、ブッダガヤと旅して行ったが、その「尼蓮禅河」の午後でおしまいになった。その空カンを棄てるにはあまりにも惜しく、よく洗ってからきらきらと輝く川砂を半分ほどつめた。残りの半分は大塔内郭の土をつめた。砂と土とはビニール袋に分けて入れたので、むろん混じり合いはしない。

そのカンは、今もそのまま僕の部屋の祭壇の下に大切に保存されている。ブッダの悟りの地の土と尼蓮禅河《ニランジャー》の砂とは、一つのカンの中でこの十年間、日々何を語り合っていたのであろうか。

久し振りにカンのふたを開けてみると、あの日、真昼の太陽の下で純白に輝いていたと見えた河砂は、少し灰色がかった色である。さらさらした砂だったと記憶しているが、今手にしてみると、まるで粉のようにやわらかい。たくさんの砂金のようなものがまじっていて、電燈の光の下でもきらきらと輝いている。僕は思わず、その粉のような砂を指先にのせて、自分の額にそっとこすりつけた。彼の地を旅していた頃、習慣になっていた尊いものへの礼拝のやり方であった。

内郭の土の方は、褐色のさらさらした土であった。カンを振るとごとごと音がするので、よく調べてみると、ドロップよりはよほど大き目の五つの小石が、その土の中に混じっていた。その内の一つは小さなレンガのかけらである。あとの四つは石である。これまで、僕の記憶から大塔の内郭で石を拾ったことは忘れ去られていたが、そのレンガのかけらを手にのせた時、そう、確かに内郭の小さなストゥパの下で、土とともにそれらの小石を拾ったことが思い出されたのであった。

しかしながら、この章の主題はその石ではない。尼蓮禅河《ニランジャー》の砂である。僕はその砂を、尼蓮禅河《ニランジャー》の此岸（大塔から見て）ですくい集めたことを覚えている。あの日、初めてその岸辺に立った時、僕の中にその彼岸に渡るという考えが強くわき起こってきた。そして渡った。砂は、その彼岸においてこそすくい集められるべきではなかったろうか。

けれども、その彼岸にあって僕が出会ったものは、一人の女乞食であり、子供を焼く白黄色の煙が立ち昇る眺めであった。そしてその女乞食と人焼きの煙とは、ほかならぬ僕自身が見た、現象としてのこの世界の光景であった。彼岸の砂には出会えなかったのである。そしてそのことはまた、僕達が限りなく求めてゆく「場」というものが、彼岸ではなくて、限りなく此岸《しがん》である今ここの「場」をおいて他にないことを、深い悲しみの感情とともに、示唆しているように思われるのである。

霊鷲山《りょうじゅせん》の赤石

日本山妙法寺のお坊さんの姿を初めて見たのは、今から二十四年前の、いわゆる六十年安保闘争と呼ばれる出来事の過中においてであった。早稲田の哲学科の学生であった僕は、決っして政治的活動家ではなかったが、大学を呑み込んだ大きな波の中で、いわゆる学生大衆の一人として、連日のように繰り出されるデモの列の中にいた。マルキストでも共産主義者でもなかった僕にとって、デモは青春のエネルギーを発散させる、意義のある場のようなものとしてあったが、前年の秋から参加しはじめたデモの隊列の中の経験で、政治的にも決っして権力の側には身を置いてはならない、という信念だけは固く持つようになった。それを別の言葉でいえば、非政治的な哲学青年であった僕が、政治というものがどうしようもなく人間の存在性の内にからんでくる事実を認め、非政治的な政治とは何かという問いを、自分の内に持たされてしまったということでもあった。

警備の虚をついて国会構内突入に成功した五十九年秋、十一月二十七日のデモの隊列の中に僕はいたし、樺美智子さんという女子学生が死んだ、六十年六月十五日前後の連日の激しいデモの中にも僕は欠かさずにいた。全学連が国会を占拠して何かが始まる、という夢は一度も見たことがなかったが、時には命さえかかった機動隊との押し合い、闘いの中で、あとからそのツケが充分にまわってくるのも知らずに、時代の子として僕の意識はたぎりにたぎっていた。

何十万人という組織労働者や一般市民と共に、何日もの間、一日中「安保反対！岸を倒せ！安保反対！岸を倒せ！」とはずみをつけて叫び続けていた僕達の傍らを、当時の僕の眼には見すぼらしい僧衣をつけた日蓮宗の坊さんの一行が、必ず同行していた。坊さんの一団はせいぜい六、七人、多くて十人ほどの少人数であったが、安保反対のアの字も岸を倒せのキの字も叫ばず、ただ黙々と団扇《うちわ》太鼓を打ち続けるだけであった。今にして思えば、その坊さん達は南無妙法蓮華経のお題目を声高く唱えていたはずなのであるが、安保反対、岸を倒せ、の声しか知らぬ僕達には、そのお題目の声は一切入ってこなかった。団扇《うちわ》太鼓の音だけが、奇妙な人々がいるものだという印象を僕に与えた。意識をたぎらせ、興奮しきっている僕達の眼には、その日本山妙法寺のお坊さんの一団は、見すぼらしく奇妙で、ほとんど無意味な存在としか見えなかったのである。

あれから二十四年が経ち、すでに百才を迎えられた山主・藤井日達上人を先頭に、日本山妙法寺の人々は日本は元よりインド、東南アジア、ヨーロッパ、アメリカ及びカナダにその団扇《うちわ》太鼓の音を広げている。核廃絶、人類の永久平和を目指して、お題目の唱えられぬ日は一度もないが、それが社会的にはほとんど無視されている点では、当時も今もあまり変らないように思われる。

1

ブッダガヤから直線距離にして百キロも離れているだろうか。ブッダが在世中に多くの法を説いた舞台として名高い、王舎城《ラジギール》という町がある。今は静かな田舎町にすぎないが、ブッダ在世当時は強大なマガダ王国の首府であり、その国王がブッダの教えを受け入れたことも手伝って、ブッダは多くの法をこの地で説くこととなった。ネパールとの国境にも近く、二百キロも北上すればブッダ生誕の地であるネパールに入る。ビハール州の北部に属する大平原地帯であるが、その中にあってラジギールには五山と呼ばれている山岳群がある。この五山という呼び名は、後になって中国に伝わり日本にも伝わってきた五山という考え方の源だそうであるが、そのひとつである霊鷲山《りょうじゅせん》という山において、法華経が説かれたということになっている。

日本山妙法寺は、同じくその五山のひとつである多宝山と呼ばれる山の頂上と、その山の麓とに二つのお寺を持っている。多宝山の山頂には、周囲百メートル高さ三十メートルはあるかと思われる白亜の仏舎利塔が建てられてあり、お寺の方はいわばその付属物の趣である。日本山妙法寺は、日本国内は元よりインド国内だけでも五ヶ所か六ヶ所のお寺や仏舎利塔を持っているが、その中でも中心的な位置を占めているのが、法華経が説かれたという、このラジギールの仏舎利塔であることは当然であろう。

日本山妙法寺が、なぜ仏教の滅びたインドにおいて教線を拡大することができたかというと、山主の藤井日達上人が、インド独立以前のワルダ道場《アシュラム》にガンジー翁を訪ねて、深い知己となったことに源を発している。ガンジー翁はもちろん熱心なヒンドゥ教徒であったが、カースト制度を否定するブッダの教えにも深く共鳴し、ワルダ道場《アシュラム》における朝夕の礼拝の時には、ヒンドゥの真言《マントラ》のほかに日達上人から贈られた団扇《うちわ》太鼓を打ちつつ、南無妙法蓮華経、を唱えていたということが伝えられている。

インド・ネパールの巡礼の旅において、僕はカルカッタ、ラジギール、それからネパールのパタンという町の三ヶ所の日本山妙法寺のお寺を訪ねたが、そのいずれにあっても宗祖日蓮上人の像のもとに、日達上人とガンジー翁の写真が並べて飾られてあったことを記憶している。

多宝山の頂上には、純白の美しい仏舎利塔が建てられており、お寺はその付属物のようであったが、麓のもうひとつのお寺の方は、形こそインド式の建物であるが、その敷地内に阿難《アーナンダ》尊者の墓と伝えられる場所を持っていたのだった。阿難《アーナンダ》尊者といえばブッダの十大弟子の内の一人で、その実在性などはただ経典の中のことだと思っていたのに、ブッダと同じくこの世の呼吸をし、この世の土の上を歩いたばかりでなく、墓まで残されていることを知って、にわかにそのラジギールという地がフィクションの地ではなく現実の地としての貌《かお》を現わしはじめたのだった。阿難《アーナンダ》尊者の墓だけでなく、お寺から少し離れた所には、やはり経典の中の世界としか思っていなかった竹林精舎があり、そういう土地を歩いていると、ブッダガヤのそれとはかなり趣きは異なるけれど、やはりひとつの夢の中を歩いているような、現実でありながら現実ではない気持になってくるのだった。

けれども、一九七三年の暮れもおしつまった二十八日から、明けて一月七日まで僕がその地にあったことは確かなことで、次の詩のようなものを当時の日記の中に書いている。

アーナンダ尊者の墓

ラジギールの日本山妙法寺の庭に
少し盛り上って芝生地になっている広い場所がある
そこは　様々な国から旅に出て
この法華経の説かれた土地にやってきた外国人たちの
しばしの安らぎの場所である
おとといここに来たアメリカ人と　きのう来た日本人二人　スウェーデン人
少し暑い日射しを浴びて　ぐったりと昼寝をしている
ここの僧伽《サンガ》では
不惜身命の南無妙法蓮華経が実践される
旅人もまた　もとより不惜身命の旅人であるが
このお寺で新たなる不惜身命の壁に突きあたる
旅人四人ぐったりと昼寝をしている
ブッダ十大弟子の最長老　アーナンダ尊者の墓所の芝生の上である
一尺に満たない小さな石の仏像

二尺に満たない小さな石の塔《ストゥパ》が
この冷厳な南無妙法蓮華経の僧伽《サンガ》の中で
しばしの安らいを希《ねが》うものの昼寝場となっている
仏像も　塔《ストゥパ》も野ざらしのまま
少し暑い陽差しをゆったりと浴びている
ブッダが生きておられて　法を説いていたころ
このアーナンダ尊者もブッダに従い　このラジギールの山野を歩いた
その風景は今も少しも変っていない
大きな巨《おお》きな時
それはブッダの時ですらなく　まして法華乗の時でもない
大きな悠久の時である
けれどもアーナンダ尊者の墓所の芝生にすわり
献げられた二輪　三輪の花に眼を放つとき
旅するものは
法華乗の慈悲の光りを浴びて
飢えたものが食物を恵まれたように

生きる希望と壮厳なる法への信抑を取りもどすのである
ニューヨークから一人でやってきた若い女の人が
一週間前から一日一食の節制に入り
その仏像と塔《ストウパ》の前に坐り　頭を垂れてじっとしている
彼女の後姿に　苦しんでいるアメリカの姿がある
ヨーロッパからヒッチハイクでたどりついた　日本人の若者もいる
彼は芝生に横になり　柳田国男の「日本の祭り」という本を読んでいる
アーナンダ尊者
主ブッダ
母なるインド
少し暑い陽がゆったりと輝き
不死の法門は至るところに開かれている

法華経の冒頭部には、そのアーナンダ尊者が、
「これらやまたそのほかの偉大な声聞《しょうもん》のほかに、まだ学習の残っている尊者アーナンダ（阿難）とがいた」

という一行をもって登場してくる。アーナンダは尊者ではあるが、まだ学習の終っていない旅の途上の人として、法華経の説かれる座に連なっていたのである。

2

ダライラマが到着して、春風のようになごやかな雰囲気がブッダガヤじゅうに流れ、十万人近いチベット人やブータン人であふれている中で、僕はまた一人の日本人の旅人に会い、ラジギールからのニュースを聞いた。それは、日本山妙法寺で毎年行なわれる十二月の大接心、つまりブッダ成道の十二月八日に終る一週間の完全断食が明けたその日に、友人のMがとうとう出家得度した、というものであった。Mは少なくとも半年前からラジギールの日本山妙法寺に寄宿しており、多分得度するであろうと予想されていた。けれども、予想していることと、それが現実になることとは別の次元のことで、僕はその知らせを聞いて強い衝撃を受けた。

「Mもとうとう行ってしまったか……」

その「行く」という感覚は「逝く」という感覚にほど近いものだった。

日本山妙法寺という「場」《サンガ》(僧の集まり)は、ひとつの大きな特徴を持った場であった。特にインド・ネパールに開かれた日本山妙法寺は、その門戸を旅人に対して完全に開放していた。いずれの国籍の人間であれ、そのお寺を訪れる者には食事と寝場所を提供してくれた。もちろん、朝五時から七時までの勤行、夕方五時から七時までの勤行は、僧達と共にきしっと勤めることになっていたが、それ以外の要求は旅人に対してはほとんど何もなかった。一週間いようと、一ヶ月いようと、半年いようと一年いようと、ことお金に関する限りは一切問われることはなかった。期間に関していえば、一週間とか一ヶ月の短期滞在よりは、半年一年の長期滞在の方がむしろ歓迎されていたとさえいえるだろう。厄介なのは一日か二日泊って飯を食べて出て行ってしまう、食べものと寝場所目当ての旅人であろうが、そういう人達は日本山妙法寺にはあまりやって来ないようであった。

お寺にやって来る旅人達は、そのほとんどが誠実に何かを求めている人達だった。その何かに対して、南無妙法蓮華経、という答えを出すことが、お寺を頂かる僧達の勤めのひとつであったと思う。当時ラジギールの日本山妙法寺には、山主・藤井日達上人につぐ位置にあるといわれた八木上人という方がおられ、八木上人の片うでのような形で、年は若いけれどもすでに不動の法華行者の域に達している成松上人という人もいた。多宝山上のお寺は主として八木上人が守られ、下のお寺は成松上人が預かっていたように思う。訪れてくる旅人に対して、南無妙法蓮華経、という答えを与える最上の人徳がそこにはあったのである。

ブッダガヤでダライラマやチベット人達とともに新年を迎えようか、ラジギールへ行ってMに会い、Mとともに新年を迎えようかと迷っていた僕は、彼の得度の知らせを聞いて即座にラジギールへ行くことに決めた。ダライラマは、年が明けて八日の満月の日に大衆的イニシエイション（秘伝授与）をするという噂が流れていたので、その日までにブッダガヤに戻ってくることにして、僕達はすぐさまラジギールに向けて発った。

僕が、

「Mもとうとう行ってしまったか……」

と衝撃を受けたのは、理由のないことではない。一九七三年の暮れ当時、僕達はまだ自分を「部族」という名で呼んでいたが、その部族ムーブメントを通して知り合った二人の友人が、すでに旅の途上においてラジギールの八木上人の元で出家し、日本山妙法寺僧伽《サンガ》の一員になっていたからである。

「部族」については先にも少し書いたが、一人一人の人間が本当に自由に生きられる場（ここで呼ぶ自由とは、エンゲルスが自由とは必然の洞察であると言った、その自由をもちろん前提としていた）を、革命や政治運動をとおしてではなく、直接に自分達の手でこの地上に作り出して行こうとする自由共同体《コミューン》創出のムーブメントであった。ひとつの国家政治権力を、大衆の力によってにせよ新たな政党の力によってにせよ、くつがえしたとしても、そこには新しい国家なり政治権力があるだけで、それは終局的な人間生活の解放にとっては、不毛なゲームであるということを僕達はすでに知っていた。もちろん僕達が「部族」というムーブメントを生きることもひとつのゲームであり、この観点からするならば、革命運動をすることも社会運動をすることも、そういうことは一切しないでただ家族生活と勤労に生きることも、詩人であることも漁師であることもゲームである、世界とはさまざまなゲームの姿そのものにほかならない、ということも僕達は知っていた。世界の姿をゲームと見なすことは、自分自身の生をゲームと見ることであり、言葉を替えていえば、それは自分と呼ぶ存在および世界と呼ぶ存在を、神の遊戯《リーラー》として放棄してしまうことにほかならなかった。その感受が完全に実現されるならば、すべてはゲームの展開でありすべては神の遊戯《リーラー》であるゆえに、ここには何の不自由もなく悲惨もないはずであった。けれども残念ながら、ここには不自由があり、悲惨があり、恐怖すらあった。それで僕達は、他のすべての運動や行動と同じくゲームであるかも知れないが、「部族」という直接性、場の共同体を作り出す、という直接の光と希望を選んだのである。

そういうわけで「部族」は、いわゆる六十年安保世代といわれる年代の人達と、十年置いた後の七十年安保世代とも呼べる当時の若者達の共同作業として、六十年代の終りごろに意識的な活動を開始したのである。不思議なことにそれは、ビートルズやグレートフルデッドやローリングストーンズのような音楽家達による、アフリカに起源を持つロックミュージックが西欧世界の若者達に受け入れられ始めた時期と一致している。

Mは、その「部族」の中心的メンバーの一人であったのみならず、僕達が編集して発行した新聞に「部族」というタイトルを提案し、それ以後僕達が自分を「部族」と呼ぶようになったきっかけを作った人であった。僕がラジギールへ行くことに決めたのは、「部族」という集まりから日本山妙法寺という集まりへ出家して行ったMを、責めようという気持からではもとよりなかった。行ってしまった、あるいは逝ってしまったという淋しさのようなものがあったのはいなめないが、それと同時に、心からおめでとうと、ひとこと会って言いたかった。日本山妙法寺の特徴のひとつは、他の僧門と違って肉食妻帯を、あるいは夫帯を許さない。その道に入ることは、性の交わりを断つということを前提としていた。そのことをも含めて、ひとことおめでとうと僕は言いたかった。日本山妙法寺がひとつの場であり、さらに、すぐれた場でもあることを、僕は感じていたからである。

ラジギールは、ブッダガヤのあふれるような人の群れに比べると、本当に静かな何の変哲もない田舎町であった。日本山妙法寺は旅人に対して完全に門戸を開いているとは言え、僕は家族連れであるし、性分からして、たとえお寺であっても寄宿するのは好きではない方なので（むしろお寺ゆえに、だったかも知れない）近くに宿をとっておいてから、久し振りにMに会うためにお寺に行った。お寺の境内はきれいに掃き清められており、森閑として人影もなかった。声をかけると、お寺ではなくお寺の側の小さな建物から、頭に手ぬぐいをかけた一人の若い僧が現われた。それはまぎれもないMであったが、Mではなく一人の僧であった。両手を合わせて、

南無妙法蓮華経

南無妙法蓮華経

南無妙法蓮華経

と、ゆっくり三唱する。それがまずの挨拶であった。この挨拶によって、あらかじめ南無妙法蓮華経以外の世界はきっぱりと捨て去られるとともに、南無妙法蓮華経の世界に迎え入れられるのだった。僕を迎え入れてくれたのは、親しい友人であり仲間であるMであったが、その心はすでにはっきりと南無妙法蓮華経の世界であった。お題目の挨拶が終ったあとで、

「おめでとう」

と心をこめて僕は言った。

Mは、僕達がインドに向けて発ったという知らせを聞いて、いつ現われるかと待ちながら、家族連れでのインドの旅は大変だから、何か事故でもあったのではないかと心配もしていたといい、すぐに家族全員でお寺に移ってくるようにと勧めてくれた。お正月にはお寺では雑煮も用意してあるし、そのほかいろいろと日本食の御馳走もあるし、ここまで来てよそに宿を取る手はあり得ないと勧めてくれた。それでなくても、久し振りに親しい日本人に会った子供達は、M、Mとまとわりついて、もう離れようとはしなかった。僕の考えは、別に宿をとっておいて、そこからお勤めの時にだけお寺に通い、Mとともに太鼓を打ち唱題もしたい、御馳走の時にはそれは呼ばれたい、というものであったが、会った瞬間から、短期間ではあるがMとともにMの行った道を歩いてみようという気持に変ってしまった。

日本山妙法寺は、僕が一番好きなブッダガヤのような自由空間ではなかった。ブッダガヤにおいて

は、人々は旅の所持金を使うなり商売をするなり、僧であるなり乞食であるなり、あるいはまた農夫であるなり官吏であるなりして、各自めいめいに自分のすることをしていながら、全体としてひとつの大きな仏法《ブッダダルマ》という流れの中にあった。各自めいめい自分のすることをしながら、全体として深々とした宗教的な秩序の中にあるということが大切であった。眼には見えぬ法《ダルマ》の中にありながら、各自めいめい自分のするべきことをするということが大切であった。ブッダガヤの壮大な自由空間に比べれば、日本山妙法寺は、南無妙法蓮華経という、選ばれた絶対の狭い道をとおして、その自由空間に至るためのひとつの法門にすぎなかった。けれども、逆に言うならば、人は誰でも、何かの選ばれた絶対の狭い道という法門をくぐる以外には、壮大な自由空間に終局的に住むことはできないのである。漁師が漁をするということは、選ばれたひとつの絶対の狭い道であり、法門である。百姓が百姓をするということも同じである。日本山妙法寺を、ひとつの選ばれた狭い道であり、絶対の法門であると呼んでも、僕としてその僧伽《サンガ》を貶《おとし》める気持はいささかもない。それどころか、僕のこれまでの少ない経験と直感をとおしてであるが、日本山妙法寺こそは現代に唯一の真に僧伽《サンガ》らしい僧伽であるとさえ思っているからである。今年もう百才を迎えられる山主・藤井日達上人は、今も、核廃絶、人類の永久平和という唯一つの悲願のもとに、日本じゅうはもとより世界各国を、一日も休まずに、撃鼓唱題して歩いておられるはずである。お弟子のお坊さん達も、その後を真っ直ぐに歩いておられる。そんな僧伽《サンガ》が他にあるであろうか。

3

八木上人の姿を初めて見かけたのは、大みそかの日の夕方、多宝山上の純白の仏舎利塔の下であった。あたりはもううす暗くなっていた。夕方の冷気が急激に襲ってくる時刻であるのに、まして山上であるのに、なぜか春風のように暖かい空気が流れていて、その空気の中に、僕の友達を三人も出家させてしまった人が、たたずむような姿でとても静かに団扇《うちわ》太鼓を撃っていた。

八木上人については、霊鷲山中で虎に出会ってびくともしなかったという話や、旅の強者《つわもの》達を次から次へ出家させてしまう力量からして、たくましい大柄の老僧を想っていたのだが、そのまったく反対でむしろ小柄の細身の老僧であった。Mからその人が八木上人であると教えられて、少し離れた所から僕はその人を眺めた。その人は、仏舎利塔に囁きかけるような様子で、本当に静かに、撃つか撃たないかほど静かに太鼓を撃ちながら、ゆっくりと仏舎利塔を巡っていた。その姿はもう仏舎利塔になかば溶け入りそうであった。

日本山妙法寺では、大みそかの夜は、夕食ののち午前一時までぶっつづけに太鼓を撃ちお題目を唱えることが慣わしになっていた。その後一時間か二時間仮眠をとり、起き出して近くの霊鷲山上で初日の出を拝するべく、やはり撃鼓唱題しつつ真暗な山道を登ってゆくのだった。

お寺の本堂には、各人が撃つ団扇太鼓のほかに、大太鼓と呼んで、直経一メートルほどの胴太鼓が置かれてあった。その大太鼓はドーンドーンと轟《とどろ》きわたり、僧も俗もそろってお題目をあげる際の基底部の役割を果している。しかしその大太鼓は誰が撃ってもよく、敢て撃ちたくなったらその側に行って合掌すれば、それまで撃っていた人が二本の太いバチを渡してくれる。大太鼓を撃つには、ただ撃つだけでものすごい力が必要なのだが、撃ち続けるためにはさらにその力の持続がなければならない。僕も下のお寺で何度か撃ってみたが、二十分も撃ち続けると、へとへとに疲れてしまうものであった。

静かで優しい老僧と見た八木上人が、その夜大太鼓を撃った時に、僕は心の底から驚いてしまった。MやMと同じほどに若い僧達や、インド人の参拝者が全身から汗を流しつつ撃つドーンドーンという音に比べて、八木上人の大太鼓はけた違いに音が深く太いのである。団扇《うちわ》太鼓を撃っている僕までが、いつしか全身から汗をふき出し、必死になってその音について行こうとするけれども、そう勤めれば勤めるほど大太鼓の音が心身に沁みこんできて、魂もなにも奪われそうになってしまうのである。信心というものの核心が、津波のように押し寄せてきて、これでもかこれでもかというように、ドーンドーンと轟きわたるのである。僕は酔ったようになって、団扇太鼓ながらふらふらになるほどに撃ち続け、お題目をあげつつ、こんなことが一晩中続くのであれば、そしてそれが何ヶ月も続くのであれば、Mが出家したのも本当に理のあることだと、その地平をちらとかいま見たのだった。けれども、八木上人の大太鼓はやがて次の人に代わった。次の人に代わると、今度は八木上人の静かな団扇太鼓の音が聞こえはじめる。大太鼓がドーンドーンと鳴っていても、その音は鳴っているだけで八木上人の音が聞こえはじめるのである。

僕もその夜、一度だけ大太鼓をいただいた。大太鼓は、正式には撃つといわずにいただくと呼ぶのである。その結果は実にみじめなものであった。僕が大太鼓を撃ちはじめてしばらくすると、たくさん参拝しているインド人達の団扇太鼓が乱れはじめ、てんでんばらばらに南無妙法蓮華経さえ揃わなくなってしまった。僕としては愚かにも、八木上人の前で大太鼓を静かに撃つという考えをおこし、それを実行したのが混乱の原因だった。僕の全身を、汗ならぬ冷汗がどっと流れたが、そうなれば若い僧達のように、全身の力を大太鼓にぶっつけるよりほかには方途がない。本当に腕も折れよとばかりに、僕もその鬼のような大太鼓を撃ちはじめたのだった。次の人に代わった時には、大太鼓は撃つものではなく、いただくものだということが体で理解できていたのだった。

次に八木上人を見たのは、同じ夜に八木上人が眠っている姿であった。大みそかの夜を徹しての撃鼓唱題の場である。誰とて眠いのは当然だが、むしろ奮《ふる》いたって眠気などは吹きとばし新年を迎えようとしているのだった。最初、眠っている八木上人を見た時、そんなことが有り得ることかと僕は自分の眼の方を疑った。けれども何度見ても八木上人は眠っており、その内、団扇太鼓もひざからずり落ちてしまったのだった。一同の座の中心に座って、少し背をまるくして居眠りをしている、七十才近い老僧の姿の内に僕が見たものは、けれども不思議なことに、なんともいえないほどの清らかさだった。
八木上人は居眠りをしながら、その姿をとおして、あまりにもエネルギー的に奮いたっているその場の雰囲気に、ひとすじの小川の流れのようなやさしい清らかさを無言の内に説いているのだった。そう思うと逆に、その姿のやさしさこそが厳しい行の姿であることを思い知らされ、その少しまるまった居眠りの背中を見ていただけで、こちらは一層熱心に団扇太鼓を撃ちお題目を唱えずにはいられなくなってくるのだった。

居眠りといえば思い出すのだが、インドに発つ以前に熱海にある日本山妙法寺の道場に、すでに出家していた二人の友人に連れられて、山主・藤井日達上人を訪ねたことがあった。日達上人の誕生日のお祝いが行なわれた日であったと思う。ひととおりのお祝いの儀式が終った後、同行した「部族」のもの僕を含めて三人と、友人僧の二人、合計五人で日達上人の個室にあてがわれている部屋に通された。

日達上人は、不措身命ということについて少し話をされ、それは法華経に命を捧げることであり、核廃絶、人類の永久平和に命を捧げることであると結論された。それから、これからの日本山妙法寺を負って立つのは、若いあなた達で、年寄りの僧達は不措身命とは名ばかりの寺住み坊主に過ぎない、というようなことも言われた。それから、少し横になるからどこでもよい気の向くところを皆で揉《も》んでくれと言って、右側を下にして体を横にされた。僕達五人は、いずれも二十代の後半から三十代前半のいわば若者で、少なくとも子供ではなかった。言われたとおり若者五人でその体にとりついたが、日達上人はゆったりと横になったままぴくりともしなかった。五分も揉みつづけていただろうか、上人の鼻から軽いいびきが洩れはじめた。五人の者は、肩だとか背中だとかスネだとか足首だとか、それぞれの場所を軽く撫でるように揉んでいたが、お互いに私語ひとつ交わす気持にもなれず、その軽いいびきの音を聞いていた。そのいびきは、あたかも南無妙法蓮華経と放たれているようで、いびきでありながらひとつの説法であった。僕達が撫でるように揉んでいるその体は、体というより南無妙法蓮華経というひとつの精神的なかたまりのようで、そこを撫でると南無妙法蓮華経と聞こえてくるような気持さえした。体に触れさせていただき、揉ませていただくことが、それだけで充分に有難かった。

八木上人の居寝りにも、その日達上人のいびきと同質の不思議な清らかさがあった。そしてさらに不思議なのは、八木上人の居眠りに気づいているのは僕だけでなく、数人の僧をはじめ何人もいるはずなのに、気づいている誰もが、僕と同じか同質の感受を受けていて、本堂内には八木上人が眼を覚ましている時と変らない、あるいはそれ以上に張りつめた雰囲気が流れていることであった。そこには、八木上人という肉体が目覚めていようと眠っていようと関係のない、ひとつの南無妙法蓮華経体とも呼ぶべき存在があった。それが目覚めて大太鼓を撃てば、津波のような勢いで押し寄せ、眠りこんで背中をまるめてしまえば、清らかな小川のようにやさしく流れているのであった。

八木上人については、もうひとつだけ書いておかなければならないことがある。僕達がインド・ネパールの旅から帰ってきてしばらくたった頃、八木上人も日本に帰っておられて、東京の日本橋にある日本山妙法寺で、八木上人の誕生会が持たれることになった。その頃は「部族」の仲間達がMに続いてさらに何人も出家した頃であり、出家はしないにしても日本山妙法寺に好感を持つ人達がとても多かったので、その誕生会は日本山妙法寺と「部族」の人達との共催というような形でさえ、行なわれた。僕達が日本山妙法寺を受け入れたぶんだけ、八木上人も「部族」の人達を受け入れてくれたのだと思う。あまり広くない日本橋の日本山妙法寺は、妙法寺関係の人達と「部族」の友人達とでぎっしり満員という印象を受けた。

その会の途中で、一人の僧が僕の所にやってきて、八木上人がお太鼓を下さるそうだから、会が終ったら八木上人の所へ来るように、という伝言を伝えた。僕は、これは困ったことになったと感じた。お太鼓とはもちろん団扇太鼓のことで、その表には、日本山妙法寺・南無妙法蓮華経、という墨文字が、日達上人かあるいは八木上人の手で黒々と書かれてある。お太鼓をいただくとは、ある時は出家することを意味するが、そうでない時は在家信者になること、つまり日本山妙法寺の信者になることを意味するからである。僕にはそうなる気持はなかった。日達上人、八木上人を先導とする日本山妙法寺僧伽《サンガ》が、現代日本において稀に見るほどの、最上の「場《サンガ》」であることは充分に体感されたが、それにもかかわらずそれは、先にも記したように、ひとつの、絶対への法門であり、絶対の法門は日本山妙法寺のみでなく、法華経の如来寿量品にも説かれてあるように、あらゆる場所であらゆる形において開かれていると感じていたからである。お太鼓をいただくことは、僕には自分の心にそむくことであった。お断りしよう、と心に決めて、会が終った後に重い気持で八木上人のもとにおもむいたのだった。

八木上人は、日焼けした健康そうな顔色であったが、僕を見てにこりともされなかった。いきなり太鼓を差し出して、

「取っておきなさい」

と言われた。

それはもちろん強制的なひびきではなかったが、親愛の情は少しも含まれていないように感じられた。対人的に気弱というか、すぱりと裸になれない純日本的性質の僕は、その一言に気押されてたじたじとなったが、心の真《まこと》だけは失いたくなかったので、

「有難いのですが、まだ時機ではありません」

と辞退した。それは僕の意識からすれば、八木上人への敬慕の気持のぎりぎりの言葉であった。八木上人はしばらく黙っていた。それからゆっくりと、

「いいから、取っておきなさい」

と言われた。

その声は、僕の胸の中にじんと叩きこまれるような声であった。南無妙法蓮華経体そのものから発せられた慈悲の声であった。その声はまた、僕がこだわり続けている、日本山妙法寺もまたひとつの絶対の法門にすぎない、という感受などは百も承知している人の声であった。

僕はお太鼓をいただいた。

ひとつの絶対の法門であるが、ひとつの絶対の法門にすぎないものとして、そのお太鼓をいただいたのである。

「子供さん達は元気ですか。ラーマちゃんと言ったか、あの可愛い子……」

そのように言われた八木上人の顔は、誕生会の間じゅう見せていた、たくましくやさしいただの老僧の表情に、いつのまにか戻っておられた。

霊鷲山《りょうじゅせん》には第一峰と呼ばれている山と第二峰と呼ばれている山とがある。僕達が一九七四年の初日の出を拝みに行ったのは、高い方の第一峰であった。法華経が説かれたとされているのは、第二峰の方である。第二峰には、多宝山からの帰り道にMに案内されてお参りすることができた。そこで僕は、小指の先ほどもない小さな赤石を三つ拾った。赤石といっても、実際には赤褐色の石で、硬くつやがあり、今、手のひらに乗せてふるとカチカチと澄んだ音がする。

僕の部屋の祭壇には、七人の実在した、あるいは実在する師達の写真が飾られてある。その一人は主ブッダである。そして愛するラーマクリシュナとヴィヴェーカーナンダ師弟の写真。南インドの沈黙の師、ラマナマハリシの写真。亡命したチベットのダライラマの写真。インド人ではあるが現在はアメリカに住み、壮大な宗教的コミューンを建設しつつあるシュリ・ラジニーシの写真。そして最後にこの章で記した八木上人の写真である。その下にいただいた団扇太鼓が置いてある。三つの霊鷲山の赤石は、ネパールのカトマンドゥで見つけた、五センチほどのブッダの小像の前に置かれてある。

ポカラの鉦《かね》叩き石

ネパールは、鉄道のない国である。

鉄道のない、とても静かな国である。日本で鉄道のない時代といえば、江戸時代まで遡《さかのぼ》らなければならないが、いわばその江戸時代の静かさのようなものが、ネパールという国にはあった。こう言ったからといって、僕はネパールを後れた国だと思っているのではない。ある国を先進国と呼んだり文明国と呼んだり、ある国を未開発国と呼んだり後進国と呼んだりする精神には、僕は組さない。進化論では、人間は、蛋白質から微生物へ、微生物から順に過程を経て猿となり、やがて人間になったとされており、それはあるいは科学的な事実であるかも知れないが、それを進化と呼ぶ精神に僕が組さないのと同様である。世界全体は、そこに住む人間も含めて、進化などしない。宇宙は進化などしない。人間が、猿から進化して人間になったとする見方は、人間の一方的な見方であり、猿からすれば、同じ人間同志で何十万人何百万人もの殺し合いをする人間という種などは、進化と呼ぶよりはむしろ退化と呼ぶにふさわしいものかも知れない。進化という言葉の英語はイヴォリューション（EVOLUTION）であるが、僕の立場はイヴォリューションではなくて、同じ英語を使うならばトランスフォーメイション（TRANSFORMATION）である。トランスフォーメイションとは、状態が変化すること、形が変わることなどを意味する。適当な日本語が見当らないのが残念だが、状態変化論という言葉を使う。

進化論は、なぜかその内に階級的な価値論を含み、人間は猿から進化したとすると同時に、人間は猿より高等な動物であるとする傾向を示すが、状態変化論からすれば、猿と人間とでは、その形状、状態が異なっているだけのことである。その根はひとつのものである。その根は、僕達が共に自然存在であるということである。自然存在のさらに根とも呼ぶべき宇宙存在についていえば、先にも記したように宇宙は進化などしない。宇宙はただ刻々と変化しているだけである。変化さえしていないのかも知れない。人間がただ変化と見ているだけなのかも知れない。これが僕の状態変化論の根拠であるが、この地点に立てば、ネパールがまるで江戸時代のような静かさを持っている国だといっても、それはネパールという国を低く見ているのでも、江戸時代という時代を遠く過ぎ去った時代として眺めているものでもないことを判っていただけるだろう。

ネパールは、未開発国でもなければ後進国でもない。ネパールは、鉄道というものがないとても静かな国で、万年雪におおわれた聖なるヒマラヤ連峰の麓の、まだ神々が生きている地域である。

ネパールの首都カトマンドゥから、北へ三百キロほど行った所に、ポカラと呼ばれる小さな村がある。万年雪に輝くヒマラヤは、カトマンドゥからは遥か彼方に遠望されるだけであるが、ポカラまで行くともう眼前にそびえており、仰ぎ見るほどの位置にある。カトマンドゥから、普通バスで十二時間、ミニバスと呼ばれるノンストップの快速バスだと七時間ほどで行き着くことができる。

ヒマラヤを見ること、そしてできればそのヒマラヤの山中で、ヒマラヤの人々としばらくでも一緒に生活をすること、それが僕のインド・ネパール巡礼の旅の大きな願いのひとつであった。僕達は、すでに半年間のインドの旅を終えてカトマンドゥに入っていたが、カトマンドゥは雨季で、その街からヒマラヤを見ることは滅多になかった。ネパールの雨期は、五月から始まって九月末まで続く。ヒマラヤを見ることの他にも、なすべきことはたくさんあったので、僕達はカトマンドゥ郊外のスワヤンブナートと呼ばれる大きなお寺のある村に部屋を借りて、そこで雨期が明けるのを待った。雨期のヒマラヤではなくて、雨期が明けて晴天の日が続くヒマラヤの日々を、心ゆくまで味わいたいと思っていたからである。

スワヤンブナートという村は、ネパール仏教のひとつの中心であるスワヤンブナート寺院という大きなお寺がある村で、前に記したジョーが、その師と共に乞食《こつじき》生活を送った村でもあった。僕には、もしかしたらその師に出会えるのではないかという期待があったが、その人はもう亡くなったという噂で、会うことはできなかった。僕は、ヒンドゥ教のタントラ派（シャクティ派）の根本聖典である、「マハニルヴァナ・タントラ」という部厚い書物を、英文から翻訳する作業を進めながら、主としてチベット人達と一緒にスワヤンブナート寺院のある丘の周囲を、数珠繰りしながら巡りつつ、その地で四ヶ月も雨期が明けるのを待っていたのだった。

雨期が明けると、真っ直ぐにポカラへ行った。ポカラは、噂にきいていたとおりの、あるいはそれ以上の、美しい村であった。フェワ湖と呼ばれる大きな湖があり、湖があることでその村は、深い静かさと同時に豊かなうるおいを秘めているように感じられた。

ヒマラヤ連峰に向うと、右手の奥に雄々しいダウラギリがあった。アンナプルナの第一峰があった。続いて、ネパール政府がこの山だけは聖なる山として永久に登山を許さないと言われている、マチャプチャリ山があった。マチャプチャリは、他の山々ほど高くはないのだけれども、ポカラから最も近く眼前にそびえており、三角形の形がいかにも素晴らしいので、ポカラといえばすぐにマチャプチャリの純白の姿を想い浮かべるほどである。それからさらにアンナプルナの南峰、日本の登山隊が登ったことで名を知られているマナスルが左手の奥に小さく見えていた。エヴェレストが見られないのは残念だったが、その村はヒマラヤに近すぎるというか、ヒマラヤの麓の村なので、そうたくさんの山山を見るわけにはいかないのだった。僕としては、マチャプチャリを始めとする純白の荘厳な山々を見ることができただけで、この生における最上の幸せに出会えた感じであった。

雨期が去ったといっても、ポカラの天気はすっかり安定しているわけではなかった。今ヒマラヤの全貌が見はるかせたと思うと、たちまち白雲が湧き、山々の姿をその背後に隠してしまう。時にはその雲が広がり、空いちめんが真黒になって、激しい雨が叩きつけてくることもあった。そんな時には、空じゅうで何十個もの雷が同時に轟きかわし、鋭い稲光りがいくつも同じ空の中を切り裂いた。それは、雷神としてのシヴァ神、破壊の神としてのシヴァ神が、本当に生きていて、思う存分に天空で荒れ狂っているようであった。けれども、その雷鳴も長くは続かず、一点の青い晴れ間がたちまち空全体に広がって、いつしか村には夢のような純白のヒマラヤ連山の姿が帰ってくる。太陽は濡れたようにキラキラと輝き、地面からはいっせいに水蒸気が立ちのぼるのだった。

マチャプチャリとは、魚の尾びれ、という意味だと聞かされたが、その名のように鋭い三角形をしていた。眼前にそびえるその純白の姿は厳然としており、白い光の凝固体のようですらあった。ヴェナレスへの巡礼において僕は、同じシヴァリンガムでもジョティリンガムと呼ばれる、光の本体としてのシヴァ信仰があることを知ったが、マチャプチャリこそは、山岳神としてのシヴァ、光の本体としてのシヴァが、そこに現前している姿のようにも感じられた。ダウラギリもまた偉大な雪山であった。アンナプルナもマナスルも同じである。ポカラでの僕の生活は、朝と夕方の二度フェワ湖畔に建てられた小さなシヴァリンガムのお堂にお参りして鐘をつくことと、カトマンドゥ以来引き続き「マハニルヴァナ・タントラ」の翻訳を続けることに中心を置いていたが、ヒマラヤの雲がはれて、ヒマラヤが見渡せるときには、いつでも外に出て、あくことなくその白亜の山々を眺めるのだった。

ポカラでは、僕達はフェワ湖のほとりの大きな農家の庭つづきにある、土でできた納屋のような家を借りた。ネパールでは、土の家がほとんどだった。カトマンドゥ郊外のスワヤンブナートでも、僕達が借りていた部屋は土でできていた。外壁はさすがに焼きレンガを使っていたが（焼きレンガももとをただせば土である）、家の中は、床も壁も土でできていた。土といっても硬質の粘土で、床も壁も固く塗り上げられており、日本の白壁と変わらないほどの清潔感があった。面白いのは、毎日のように土売りが土を売りにきて、主婦達はその土を買うのだった。そして、日本の以前の主婦が板の間に雑《ぞう》巾《きん》がけをしたのと同じように、その土を水でとかして毎日床に塗りつけるのである。なぜかその土は、雑布で床をふくのと同じほどの早さで乾き上がり、乾き上がると床がピカピカと光るように新鮮になる点でも同じである。異なるのは、乾き上った時に床からたちのぼってくる、ほのかな土のよい匂いである。スワヤンブナートの部屋は、持主の奥さんが三日に一度くらいの割で土塗りをしてくれたが、馴れるに従い、僕らも自分で土を買って、自分で土塗りをするようになった。以前の日本の勤勉な主婦が、毎日欠かさずに板の間や廊下をふき上げ、そこをピカピカにしておくのが徳とされていたように、スワヤンブナートの主婦達は、毎日欠かさず床に土を塗り、そこを清潔にピカピカに保つことを徳としているようであった。

僕はその土の家が何より好きで、ポカラでも小さな納屋のような建物ながら、土の家を借りることができてうれしかった。おまけに、そこにはカマドがついていた。やはり粘土でできたカマドであったが、インド、ネパールの旅を通してカマドのある家を借りられたのは初めてのことだった。僕達は、旅の間中石油で燃やすケロシンコンロを持ち歩いていたが、ポカラでは久し振りに薪を焚き、煙で涙を流す生活に戻ることができた。僕達の旅の出発点はもちろん東京だったが、東京といっても西の外れの、もう山梨県が近い山の中の村に住んでいたので、何年もいろりを焚いて暮らしていたのである。

大家の農家には、シャンティという名前の十三、四才の娘がいて、その娘が何かと僕達の面倒を見てくれた。シャンティとは、平和という意味である。シャンティという言葉は、ヒンドゥ世界にあっては、最も大切な宗教的言語のひとつで、それはウパニシャッドの最初の一行が「オーム　シャンティ　シャンティ　シャンティ」と唱えられることによって始まることに象徴されている。シャンティという言葉は、僕の内に入ってくるサンスクリット語の中で、僕が最も好きな言葉のひとつであった。

その快い響きの名前のシャンティが、毎朝鉢一杯のミルクを運んできて、ナマステ！（お早う！）と明るい声をかけることから僕達の一日が始まった。そのミルクはネパールではバフと呼んでいる水牛の乳であるが、充分においしいものであった。妻はその一リットル近いミルクを使って、日に何度かのチャイ（ミルク紅茶）を作り、家族のオヤツや食事も作った。シャンティは、十三、四才の小娘ながら、この国ではもうすっかり一人前の娘のようで、大家のお嫁さんと同じように、朝から晩まで一《いっ》刻《とき》の休むひまもなく、あれこれの農家の仕事に励んでいた。お嫁さんは無口な人だったがシャンティは陽気で、時には歌も歌い、大きな声で叫び、愛想よくにこにこ笑い、英語も少しは話し、何にでも首を突っこんでその世話をし、働くことをまるで遊びのように楽しんでいた。僕はすっかりシャンティが好きになり、その娘《こ》の内にヒマラヤの娘《むすめ》の精を見るのだった。僕はいつの間にか、朝、目が覚めると、シャンティはいるかなと眼で探し、翻訳の仕事の合間に庭に出て一服しながらも、シャンティはどこかなと、無意識の内に探すようになってしまった。そして、彼女のきゃしゃなきびきびとした姿を見ると、なんとなく安心して静かで平和なポカラの昼の時を味わうのだった。

シャンティの家はヒンドゥ教徒であり、ポカラの他の農家の人々もすべてヒンドゥ教徒のようであったが、ポカラから奥の山岳地帯には、様々な山岳民族が住んでいるということであった。その山岳民族はすべて仏教徒で、グルン族とかネワリ族、シェルパ族とかモゴール族とか、ムスタング族と呼ばれる人々がいるということであった。その意味ではポカラは、ヒンドゥ文化圏のほぼ終点に位置しており、そこから奥に本当のヒマラヤの民の文化圏が広がっているはずであった。ネパール政府が外国人に許可している範囲では、ポカラから徒歩で行く他はない山道を歩いて、約二週間かかる所にジョンソンという村があった。この道を、往復四週間かけてゆっくり歩いて行けば、本当のヒマラヤの民の生活に触れることができるはずであった。僕は是非ともその旅をしたかったが、まだ二才だったラーマをはじめ、小さい子供を連れてそのような奥地まで入って行く自信がなかった。それまでの何ケ月もの旅で、無理をすれば家族の内の誰かが病気になることが判っていた。ネパールには鉄道はなかったが、バスはあった。バスはポカラまで来ていた。ポカラから先は、バスはもちろん馬車も通れない山道だった。歩くことだけが頼りの文化圏に、一度身を置いてみたかったが、諦めるほかはなかった。

もっとも、僕達がポカラに滞在していた当時は、奥地のムスタング族が反乱を起こしていて、旅行者はポカラより奥へ入ることを禁止されていたという事情もあった。僕はその禁止令を自分へのいいわけとして、奥地への旅に行けない自分を慰めていたのだった。

ところが、ポカラに滞在しはじめて一週間ほど経った頃、十六、七才のネパール人の少年がやってきて、自分が案内するので奥地まで行って見ないかという。行きたいのは山々だが、政府による禁止令のこともあるしと渋っていると、その少年が言うには、僕らは日本人なんかには見えず、グルン族にそっくりだし、政府が禁止しているといっても見張っている役人など誰もいないから、絶対に大丈夫なのだそうである。少年は、むろんガイドを申し出ているのであり、ガイド料が目当なのは判っているが、そう言われると僕の中で諦めていた憧れが再び燃えはじめ、ほんの一歩でもいいから、ヒマラヤの中に入ってみようという気持になった。そこで少年とガイド料の交渉をし、次の日に長男の太郎だけを連れて一日行程の村まで入ってみることにしたのだった。ガイドに案内されて山に入るということは、僕にとっては大いなる屈辱だったが、その屈辱をおして一晩でもポカラより奥地の山で眠ってみたかったのである。

少年の案内で、一日ひたすら歩いて夕方に到着した村は、ナウダラという村であった。そこは村というより、宿場という感じの強いところで、山の稜線伝いに二、三十軒の家が点在しているだけであり、そこを村と呼ぶならば、ポカラなどはひとつの都会であった。実際、僕はこれまでポカラを村と呼んできたが、フェワ湖の周辺こそポカラも村であったが、バザールのあるポカラの中心街は明らかに都会で、その近在何十キロの範囲にわたるヒマラヤの民にとっては、生涯に一度か二度しか行くことのない大都会だったはずである。

それはともあれ、ガイドの少年に連れられて行ったナウダラへの道の光景は、息を呑むほどに美しいものであった。ポカラから見て、七、八百メートルほどの高さの山の稜線伝いに、右手にヒマラヤ連峰、左手にフェワ湖の湖面を見下ろしつつ行くのだが、湧いては消える白雲の美しさ、現われては隠されていくヒマラヤの純白の冷たい光、たえず吹きわたるさわやかな風、道すじの花々、頭上の濃い青の空、それらはすべてあまりにも光に満ちていて、風景ではなく、真に光景と呼ぶべきものであった。

ナウダラで一晩宿をとった翌朝、少年はもう一日行程奥へ行こうとしきりにすすめてくれたけれども、そして僕もそうしたかったけれども、僕の意志はもうはっきりしていて、ポカラに帰り、日を改めて今度はガイドなしで、家族全員でその村まで来ることに決めていた。そしてその日は、次の満月の夜になるようにということも決めていた。

次の満月までには、まだかなりの日にちがあり、その間に、ヒンドゥ民族の秋の最大のお祭りであるドゥルガプージャがあった。ドゥルガプージャというのは、シヴァ神の妃であるドゥルガ女神のお祭りであるが、このお祭りが近づくと、フェワ湖の周辺の農家の土の外壁は、すべて新しく塗りかえられた。痛んだ個所には、丹念に粘土が塗りこまれて補修され、その上から眼も覚めるような鮮やかな赤土が、まるで塗料のように美しく塗られていった。やわらかなホウキのようなもので、ばしっぱしっと叩きつけるように塗って行くのである。僕達が住んでいた小さな家も、シャンティや里帰りしてきていたシャンティのお姉さんの手で美しく塗り上げられて、その日は一日中赤土のいい匂いが家の中まで匂ってきた。前後一週間続いたドゥルガプージャでは、何頭もの山羊がドゥルガ女神への生《いけ》にえとして首をはねられ、その肉は僕達にまで贈りものとして廻ってきた。湖の中の島にある、バライデービーという女神を祀ったお寺の境内は、そこへあちらこちらから丸木船で運ばれて首を落とされる山羊の血で、真赤に染まっていたという。境内だけでなく、血は湖にまで流れ出して、湖の水まで赤く染まっていたという。

ドゥルガプージャは、ここでは一名ブランコ祭りとも呼ばれ、村人によって作られたロープの長さが十メートル以上もあるような二基の大ブランコで、少年少女達や青年達までが、曲芸のような回転乗りをして楽しんでいた。また、お祭りの二日目の夜には、村人達と駐在していた王の兵隊との間に大乱闘が起こり、数十人の村人と数十人の兵隊とが石を投げ合うほどの騒ぎとなった。僕などは、反乱が起こったのかと肝をつぶしたが、この乱闘は兵隊達の敗けで、住民が投げつける石に追われて、兵隊達は一人残らず兵舎に逃げこんでしまった。日本の感覚からするならば、これは明らかに暴動であり、僕は、銃を持った兵隊達がいつ反撃に来るかと、息を殺すようにして眠らずに見守っていたが、そのようなことは全く起こらず、夜が明けると共に前日と同じブランコ祭りの賑わいがあっただけだった。

ドゥルガプージャが終って一週間もすると、満月だった。僕らは一家五人でナウダラへ向けて出発した。シェキ・ガンダキ川と呼ばれるガンジス河の源流の一つを右手の谷に見下ろし、谷を距ててヒマラヤの尾根がそのまま始まっているのを眺めながら、ゆっくりと山道を登って行くと、やがて前回と同じ息を呑むほどに美しい稜線の道に出た。今回の方が天気はいっそう素晴らしく、ヒマラヤ連峰は、終日雲に隠されることがなかった。白雲は、山々のさらに上空を、夢のように湧いては消え湧いては消えて、ヒマラヤを隠すことはなかった。僕は、ラーマを肩車にして歩き、疲れてくるとしばらく歩かせ、ラーマが疲れるとまた肩車で行ったのだが、そんなことは指の先ほどの苦労でもなかった。白亜のヒマラヤの輝きに輻射されて、また青い空の輝きに溶かされて、言葉も出ないほどであった。

夕方、ようやくナウダラの村に着いた時には、さすがに皆疲れていて、晩御飯を食べ終ると、子供達はすぐに眠ってしまった。その村は、先にも記したように、ポカラから奥地のジョンソンという村へ向かう最初の宿場の村で、ヒマラヤの民のほんの入り口の村であった。前回もそうだったが、何軒かある内の一軒の宿に泊ると、御飯代として何ルピーかのお金は払うが、宿代は無料であった。御飯代に宿料が含まれているのでないことは、その代金の安さで充分に知られた。お腹が満腹になるまで、いくらでもつぎ足してくれる米の御飯と、トルカリと呼ばれる野菜のカレー、それにダル豆という豆のスープの三品のみであるが、その三品を食べられるだけ食べて、一人三ルピーであった。当時のネパールルピーは一ルピーが二十八円くらいだったから、日本円に換算して安いのは言うまでもないが、ポカラの水準と比べても安かった。僕達は、もう十カ月以上旅を続けていて、長期滞在する場所では自炊をしたが、安宿に泊って安い外食をすることも数え切れぬほどのことで、食べた食事の質と量、そして値段の全部を総合して、高かったか安かったかという判断をする習慣が自然についていた。その習慣からすれば、ナウダラの宿の食事は、最高に安いものであった。その上、宿泊は無料であった。宿泊無料という宿は、僕達の旅においてはお寺を除いてはそのナウダラの宿だけであった。僕はそこに、ヒマラヤの民の文化を深く感じていた。それは、インド、ネパール世界には決ってない、ヒマラヤの民の文化であり、心であった。

　宿の主人は、その宿場から一週間ほど行ったトゥクチェという村の出の人で、顔はチベット人にそっくりだった。心の動かし方もチベット人に似ていた。御飯を食べた場所は、テーブルが真中においてあるので食堂のようではあるが、その家の土の床の居間であった。祭壇にはブッダの像が祀られてあった。その前には、真鍮《ブラス》製の大きなカップから小さなカップまで順々に、八つほどのカップに新鮮な花が活けてあった。

　食事を終え、子供達を寝かせつけてから、僕と妻とは散歩に出かけた。月はもうかなり高く昇っていて、耿々《こうこう》とあたりを照らしていた。電燈というものがない地域の月の光は、それがある地域の月の光とは、まったくと言ってよいほどにちがう。まして満月の夜であった。僕達は、稜線の道に沿って村の外れまで行き、それぞれ手頃な岩に腰を下ろして、黙って月のヒマラヤを眺めた。ヒマラヤ連山は、満月の下で、青白くしんしんと輝いていた。夢のように美しい光景であったが、怖ろしいほどの光景でもあった。

僕はどうしようもなく、ユディシュティラ王の物語のことを想っていた。インド最古の叙事詩であるマハーバーラタに出てくるユディシュティラ王は、クリシュナの死を契機に、自分もマハーブラスターナと呼ばれる最後の旅に出る決心をしたのだった。マハーブラスターナとは、老齢に至って自分はもうこれ以上生きたくないと思った時に、水を飲むことも食事を摂ることも断って、ヒマラヤに向って肉体が倒れるまで歩きつづけることである。ユディシュティラ王は、四人の兄弟と王妃と共に、木の皮で作った衣を着てその旅に出たのだった。途中から一匹の犬がついてきて、彼らは共にひたすらヒマラヤを登って行ったのだった。最初に王妃が倒れ、ユディシュティラと兄弟達は涙を流したが、そのまま登って行った。次にはサハデヴァが倒れ、彼らは涙を流したがやはりそのまま登って行った。こうしてどんどん登って行く内に、兄弟のすべてが寒さと雪の中に倒れて行った。王はただ一人になってなおも登って行くと、途中からまぎれこんだ犬だけはまだついてくるのであった。王と犬とは、雪と氷をぬけて、谷を越え山を越えて、次第に高く、高くよじ登りながら、ついにヒマラヤの頂きにたどりついたのだった。するとそこで天国の鐘が鳴り、ユディシュティラ王を迎える天上の馬車が現われる。しかしながらその天上の馬車には、犬を連れて乗ることはできないのであった。王は、馭者であるインドラ神に、犬と共に馬車に乗せてほしいと頼むが、インドラ神は、肉食をする犬には天国の場所がない故に、犬を乗せて行くわけにはいかないと拒むのだった。王が、自分は犬と共に行くのでなければ馬車には乗らないと、更に迫ると、インドラ神は、犬を天国に入れる唯一の条件は、王自身が天国に入ることを諦めることであると告げる。

「よろしい、犬を天国にやって下さい」

ユディシュティラ王がそのように言った瞬間に、光景は一変したのだった。犬は、その本性である死と正義の神であるヤマ神の姿を現わして、ユディシュティラ王を讃えつつ、その馬車に王を送りこんだのである……。

満月に照らされた、青白くはあるがあくまで白亜の山々を眺めていると、日本で読んだ時に、髪の毛が逆立つほどに興奮したその物語のことが、どうしようもなく思い出されて、僕にとってのマハーブラスターナの旅について考えるのだった。水も食べものも摂らず、木の皮を着て、僕はこのヒマラヤのどこまで登って行けるだろうか。僕に判っていることは、僕はユディシュティラ王ではない故に、多分最初に倒れるものであろう、ということであった。それでもよかった。いつの日にか、僕もマハーブラスターナの旅に出るのだ！

月明りの中を、四、五人の農夫達が、鎌を月の光に光らせながら帰ってきた。農夫達は、こんな時間まで畑仕事をしていたのだった。そういえば、僕の祖母なども「月がいいから、ちょっとかかった仕事を終らせてきた」と言いながら、日がとっくに暮れた野良から、遅くなって帰ってきたものであった。

妻と共に宿に引き返すと、主人はもう眠ってしまったのか姿が見えず、母《アンマ》さんと娘の二人が、ランプの光の下でカマドをみがいていた。やはり赤土を水で溶かしたものを、何度も丹念に塗りつけているのだった。

二階の寝場所は、土の床にむしろを敷いただけのものであった。窓から差し込む月の光で見ると、子供達はよく眠っていたが、少し離れた所に、いつのまにか相客らしい一人の男の人が、背中を丸めて眠りこんでいた。

妻も僕もすぐに眠りについたが、二、三時間ほども眠ったころに、僕はなにかの気配を感じて眼が覚めてしまった。家の中は森閑としてもはや物音ひとつせず、土の窓から差しこむ月の光だけが、この世で生きて動いている唯一のもののようであった。村全体がすっかり寝静まって、犬の啼声さえ聞こえなかった。眠れぬままに、僕はじっとヒマラヤからくる霊気に身をさらしていたが、そのようにしていると、霊気は底知れぬほど深いものとなり、次第に、霊気と呼ぶより死神《ヤマ》の妖気とさえ感じられるものになってきた。満月のヒマラヤに浮かれて、それだけの力量もないのにマハーブラスターナの旅のことなどを想ったことが、後悔された。霊気とも妖気ともつかないものは、さらに強く迫ってきて、僕は息をするのさえも苦しくなってきた。そうなっては、慢然と体を横たえておくわけにはいかなかった。僕は手足を伸ばしてゆったりと仰向けになり、その姿勢で、その奥深いものを全身で受ける体勢をととのえた。ヒマラヤの霊とは何であるか、しっかり感じとどけようと心を決めたのである。するとその時、不意に、オンマニペメフーン　オンマニペメフーン　オンマニペメフーンという、三度の低い祈りのつぶやきが、傍らで眠っている見知らぬ旅人の口から洩れたのだった。それはすぐに寝言であることが知られたが、寝言にしてはそれはあまりにも真実の言葉であった。僕にはそれは、ヒマラヤの山の奥からの妖気を突き破って聞こえてきた、霊のつぶやきそのもののように思われた。そしてそれは、一瞬ぞっとするほどの怖ろしいつぶやきであったと同時に、僕の至福の時であった。ああここは、オンマニペメフーン（蓮の花の上なる宝珠よ　成就あれ）が生きていて、寝言にまで洩らされるヒマラヤの民の場所であったのだ。

僕はすぐさま胸の内で、そのチベット民族に代表されるヒマラヤの民の真言を唱えはじめた。妖気は去って行った。僕は静かな喜びの中で、いつまでもオンマニペメフーンを唱えていたが、いつしか深い眠りに落ちていった。

ポカラには、ネパール王の軍隊によって破壊された、日本山妙法寺の平和塔《シャンティストゥパ》があった。建築中であったその平和塔《シャンティストゥパ》のある小高い山が、僕達が借りていた家の庭からも見えていた。湖のほど近い対岸の上にその小高い山はあった。くわしいことは判らないが、奥地では仏教徒であるムスタング族が政府に対して反乱を起こしており、ネパール政府の大臣の一人であった仏教徒の人は、当時囚えられて獄中にあった。ポカラで平和塔《シャンティストゥパ》を建築中だった日本山妙法寺の何人かの僧も囚えられ、カトマンドゥの監獄に入れられていた。その中には、僕の親しい友人の一人であり、八木上人によって得度したG上人も含まれていた。僕としては、ネパール政府にも王にも何の恨みも持ってはいなかったが、仏教徒が弾圧されていることだけは確かなことで、それは明らかに不当なことと感じられた。ヒンドゥ教は、すでに僕の体の中に深く入りこんでいて、僕にとっては最も親しい信仰感情のひとつであった。しかしながら、ヒンドゥ教を信奉するネパール王が、仏教徒を弾圧することを正当と見る理由は少しもなかった。仏教とヒンドゥ教は（他の宗教もそうであるが）同じ根から生まれた自然の姉妹であり、お互いに排撃し合う理由など何もないはずである。加えて、ネパールの原住民は、ネワリ族と呼ばれている仏教徒で、ネパールという呼び名は、そのネワリから派生していると言われている。ネワリという名を呼ぶと、カトマンドゥ近在に住んでいるネパール人の何人かは、昔の黄金時代を懐かしむように、ネワリは平和だ、と、その国の歴史をよく知らない僕には、神秘的にさえ感じられる微笑を洩らすのだった。歴史については何も知らないけれども、ネワリという言葉がつぶやかれる時の、ネパール人の喜ばしげな語感をとおして、僕はネパールとはネワリの国なのだという確信を今でも持ちつづけている。

ユディシュティラ王が、その彼方に浄土を見たヒマラヤ山脈の向うには、事実としてチベット人達の故郷があった。チベット民族は、ヒンドゥ民族から多くのことを学びながら、独自のチベット密教世界、チベットの文化を創り出し、中国に併呑された現在も、その根においてチベット民族であることに変わりはない。

僕は仏教徒にこだわるつもりは殆んどないが、チベット人を含むヒマラヤの民が、仏教《ブッダ》と共にあり仏教《ブッダ》と共に生きつづけてきたという事実には、こだわらないわけにはいかない。日本山妙法寺のお坊さん達が、核廃絶、人類の永久平和を願って、そのポカラの地に建築中であった平和塔《シャンティストゥパ》を、ネパール王が民衆の力ではなく軍隊の力で破壊したことは、ネパールにはネパールの事情があるであろうことが充分に推察できるものの、やはり納得できないことであった。

ドゥルガプージャの前後にかけて、何故かネパール王がポカラにある離宮に滞在していた。僕はポカラがとても好きであったが、仏教徒を弾圧している王とその地に共にあることには、外国人のくせにいささか不満があった。のほほんとヒマラヤを眺めていたのでは、カトマンドゥの獄中にいるG上人にも申し訳ないような気持だった。

ナウダラから戻ってきてしばらくしたある日に、僕は破壊された平和塔《シャンティストゥパ》の山に行ってみることに決めた。噂では、その山に行く道は警官が見張っており、一般の通行人は通さないということだったので、丸木船をやとって湖から直接その山の下に乗りつけ、そこから山を登ってみようと計画したのである。破壊された平和塔《シャンティストゥパ》の中心には、カトマンドゥの隣りの市《まち》であるパタンにあった日本山妙法寺のお寺で、G上人から見せていただいたブッダの真骨三粒が、すでに埋めこまれているはずであった。運がよくて、もしそのブッダの真骨を取返すことができたら、という淡い冒険心のようなものもあった。けれども僕は、ゲリラをやるつもりは少しもなく、そのような勇気もなかったので、警察官に見とがめられて問われた時のために、ナウダラへ出かけた時と同じ「ピクニック」という答えを用意して、家族でその小高い山に登って行ったのだった。それまでの旅の経験から、子供連れという旅の姿が、善きにつけ悪しきにつけ、インド人からもネパール人からも愛されることを知っていたからである。

何匹ものヒルに手足をたかられ、一時はその山の頂上が何処にあるのか判らなくなるほどの藪の中をかきわけて、ラーマを肩車し、六才だった次郎を励まして、僕達は道のない山を登って行った。一時間も登ると眼の前が開けて、そこに無残な瓦礫の風景があった。そこからは、むろんヒマラヤの山山が眼前に連なり、フェワが真下に光っていたが、ブッダの真骨を探し出すべく瓦礫の中を歩いて行くと、その淡い望みが全く不可能なものであることが明らかだった。平和塔《シャンティストゥパ》の基礎深くに埋め込まれたはずの真骨を掘り起こすには、ブルドーザーでも持ってくるほかはなかった。僕はすぐさま、それその幸運に会うという希望を棄てて、瓦礫の山の中央部分とおぼしい所から一個の小石を拾い、それを肩かけカバンにしまった。南無妙法蓮華経を三度唱えてから、登ってきた山ではなくて、道らしい道が続いている、警官が見張っていると噂されていた方へ歩いて行った。警官がぼんやりした男であれば、僕達をグルン族の一家と見るだろう。そうでなくて日本人と見破られたとしても、僕達は何も知らずにピクニックに来たのだから、とがめられることは何もないはずだった。

噂どおり一人の警官が、道すじにぼんやりと立っていたが、僕達はナマステ！ と声をかけてなにごともなくそこを通りすぎることができた。

ポカラを去る前に、僕はラサ（チベットの主都）から亡命してきたというチベット人から、いい音のする鉦《かね》を一つ買った。その鉦は、僕達の所持金の残額からすると大変高いものであったが、真のヒマラヤの民がそれを作り、それを使っていたことを考えれば、お金には代えることのできないものであった。その鉦には、叩き棒はついていなかったので、瓦礫の山で拾った小石でその鉦を叩くことを、僕は思いついた。それは、むろん日本に帰ってきてからのことで、あれから十年を経た現在でも、僕はその小石で鉦を叩くことによって、ひとつの大いなる夢であったヒマラヤの日々を、この屋久島の白川山という地において打つことを続けているのである。

後日談めくが、東京から屋久島のこの土地に移ってくるに当っては、その話が進んでいる過程で、屋久島のカラー刷りの観光案内の本を見ていたラーマが、（やっと三才になっていたのだが）雪をかぶって白く輝いている永田岳の写真を見て「あっポカラだ！」と可愛いく叫んだので、妻もこの地に移り住むことに心を決めたのだそうである。

東大寺三月堂の裏木戸の石

『大法輪』という仏教専門の月刊雑誌は、五十年以上発行され続けてきた伝統のある雑誌で、仏教に興味を持つ者にとってはなかなか面白い、示唆を与えてくれる雑誌である。

それに眼をとおせば、毎月々にそれぞれ一つか二つの真実の言葉に出合い、宗壇仏教は衰えたりといえども、仏道そのものはまだ死滅はしていないことを感じるのである。この雑誌に、井上球二さんという人が何年もの間軽妙な挿絵を描いている。挿絵画家だけかと思っていたら、ある月の誌面に文章が載り、「一人一寺運動」ということを提唱されていることを知った。その運動の内容は、自分の外部にお寺を建てることではなくて、自分の内部、胸の内に自分自身のお寺を建て、そのお寺をしっかり守っていこう、とするもので、年に一度はこの「一人一寺運動」の賛同者が一堂に会して、お互いのお寺の内を開陳し合うのだそうである。これは大変ユニークな考え方であると同時に、大切な考え方であると思っている。

十八世紀にインドのベンガル州で活躍した、深い信仰者であり、民衆詩人であった人に、ラームプラサード・センという人がいる。ラームプラサードの抒情的な宗教詩は、ベンガル州を中心に現代インドにおいても民衆の間で教多く暗誦され、タゴールの名は知らなくても、ラームプラサードの名を知らない人はいないほどだと言われている。ラームプラサードの詩のひとつに次のようなものがある。

心よ　何故そのように気をもんでいるのか

カーリーの御名を唱え瞑想に座れ
これから歌う礼拝の華やかさで　心はのぼせあがる
誰にも知れずに秘かに彼女を礼拝しろ
銅や石や土の像で何を手に入れられよう
心の材料で彼女の像を作り　それをお前のハートの蓮華の王座にすえろ
いった米とバナナ　ああ何と虚しくそれらを供えることか
信仰という神酒《アムリタ》を彼女に食べさせ　お前の心を満足させろ
なぜランプやちょうちんやローソクで　彼女を照らそうとするのか
宝石をちりばめた心のランプを灯し　昼も夜もその輝きをかかげよ
なぜ　羊や山羊や水牛を犠牲《いけにえ》に持ち出すのか
ジャイ・カーリー！　ジャイ・カーリーと唱えつつ
お前の六*つの激情を犠牲《いけにえ》にしろ
ラームプラサードは言う
ドラムや太鼓になんの用があろう
ジャイ・カーリー！　と唱えつつ手を叩き　その心を彼女の足下に横たえろ

＊六つの激情とは、性欲、怒り、切望、惑い、傲慢、嫉妬を指す。

祈りとは、人間の願いが最も激しく凝結した姿の、別の呼び名である。祈りは、人間の願いの極北のエネルギーである。その祈りを、途中で食べる黒いものがある。多くの既成宗団や新興宗教がその黒いものに相当する。そこにあっては祈りは、祈るという自浄作用によって、わずかに祈りの主体に帰ってくるにすぎない。祈りほど強烈なものではないが、たとえば祝祭日のような日に、青空に向って美しい日の丸の旗を掲げる市民や町民達の、共同の同朋意識のささやかな幻想がある。その幻想を集めて食べる黒いものがある。その黒いものがやがて善として、国家として貌《かお》を現わす。国家は市民や町民達を、僕達を守るという。それで僕達は、核兵器を作り核兵器を使うものは国家以外にはないという事実を忘れさせられてしまう。

昨年（一九八三年）の十一月に、僕はほぼ十年振りに東大寺への道を歩いていた。奈良の友人の所で用事と仕事があり、奈良に行くことになったので、それでは是非とも東大寺へも行こうと思い、足を向けたのである。

天気のよい日で、近鉄奈良駅から東大寺への道はがらんと幅広く、車の往来もそれほど気にはならなかった。時間は充分にあったので、僕は自分の一番好きな歩き方で、ぼつりぼつりと歩いて行った。車は往き来し、修学旅行の生徒達もざわざわと歩いていたが、そこには東京や大阪、京都ともはっきり異なる、奈良の都の時間とも呼ぶべき、固有のゆったりとした時が流れていた。

東大寺への道には、近代都市には珍しい、時間ではない「時」と呼びうるものが流れていた。僕は鹿に出会った。大きな鹿でいくぶん不機嫌そうであったが、切り取られた角と角の間を軽く叩いてやると、されるがままになっていた。やがて行ってしまった。鹿の数が段々多くなった。もう奈良公園の入口まで来ているのだった。見ていると一頭の鹿がひょいと車道に出て、車道を渡ろうとしていた。近づいてきた乗用車は、その鹿を見てゆっくりと停った。すると鹿は、車道を渡るのをやめて公園の方へ引き返して行った。ちょっとインドみたいだなあ、と僕は思った。車の、あらかじめ鹿がいることを知っているゆっくりとした停り方、そして引き返して行った鹿の、あ、そうか、というような素振りの中に、とても懐かしいものがあった。鹿は、十年前に来たときに比べて、数がずいぶん増えているという印象を受けた。鹿はどんどん増える方がいい。奈良公園や春日神社のあたりだけでなく、奈良じゅうに鹿が群れているようになれば、それだけ奈良は豊かな時を取り戻すのだ。この、豊かさのみを追求している時代にあっても、真の豊かさとは「時」であることに変りはないのだから、鹿は増えればいいのだ。

交叉点まで来た時、何となくその幅広い車道を左へ渡った。東大寺がどこにあるのか、僕の記憶の中ではもうはっきりしていなかったが、ここまで来て東大寺はどこですか、と人に尋ねるのも馬鹿げている気がして、足と勘が向く方へ歩いて行った。

やがて大仏殿の大きな建物が左手に見えてきた。たくさんの修学旅行生の群れと、外国人も含めたたくさんの参拝客、そしてたくさんの鹿の群れで、参道はとても賑やかだった。神社やお寺が賑やかなのは決っして悪いことではない。僕は賑やかなのが好きである。

大仏殿前の切符売場には、長い行列ができていた。行列の後について見ていると、切符売場と大仏殿の間には木の柵があるだけで、大仏殿の中庭には、七十センチ程の高さのその木の柵を跳び越せばそのまま入れるのだった。彼方にいる切符もぎりの人はもぎりに忙しく、僕が黒いものにお金を払うことはないと心を決めれば、それは簡単なことと思われた。二十年前の僕であったなら、良心に少しも恥じることなく、黒いものへの挑戦としてその木の柵を跳び越しただろう。お寺が入場料を取るということは、黒いもののあまりにも現実的な現われであり、そのお寺の僧職にある人及びその組織は黒いものそのものであると言っても過言ではないと思う。

ブッダガヤの大塔には、一日二十四時間いつでも誰でもお参りすることができた。もちろん一円のお金も要らなかった。信じるという行為、祈るという行為、聖なるものという感情の内には、永久にお金は不要であり、あってはならないものである。ブッダガヤの大塔に限らず、インドのヒンドゥ寺院で、いかに高名な寺院であっても入場料を取るようなところはひとつもなかった。寺院が入場料や拝観料を取るということは、そのお寺がすでに宗教的には死んでいることを現実的に意味する。東大寺大仏殿はその意味では宗教的には死んでいる場所である。しかし、その中にあって大仏さんはまだ生きておられるのであった。

僕は十年振りに、大きな大きな大仏さんを仰ぎみた。大仏さんの偉大さは、それに仕える僧達やその組織が宗教的にすでに死んでいることをものともせずに、そこに実に大きく、ゆったりと坐っておられることであった。僕を含め何百何千人という人々が、その日の午後に大仏さんを仰ぎ見て、ゆったりとした永い時間、ひとつの夢のような聖なる存在を感じ、かかげられたその大きな手を見たはずである。それを見ること、それを感じることこそが毘盧遮那如来の光明遍照の実体であった。それは実は、外に、外部にある毘盧遮那如来を見ることではなくて、僕を含めて何百何千人というその場にいた人々が、それぞれの心の内なる毘盧遮那如来の如来性の姿を見て、感じることにほかならなかったのである。

大きな大きな大仏さんは、深い夢を見つつ悲しんでいるもののように、僕には感じられた。その夢の中には、大仏鋳造に際して、大仏殿建造に際して、苦役に狩り出された何万人何十万人の土民達、土工達の姿があった。何百人何千人という土民土工達が、その苦役の中で無惨に死んで行った。それだけではない。この千数百年間には幾たびも幾たびもの戦争があった。戦争のたびに何百人何千人もの人々が死に、家を焼かれ、飢えに苦しんだ。そしてこの百年間に限っても日露、日清の二つの戦争があった。それは大仏さんが見た初めての外国との戦争であった。そしてまた二つの世界大戦があった。この世界大戦では何百万人という人々が死んだ。広島に原爆が落とされ、長崎に原爆が落とされた。大仏さんも、初めて原子爆弾というものを見たはずである。そして今、世界にはこの地球を全滅させるに充分なほどの核兵器が存在し、核兵器はさらに作り続けられている。戦争がなくても、核兵器がなくても、すべての人間はやがて死んでゆく。だからこそ、僕達はその人間の一人として、自然死以外のすべての死を不正と感受し、不正ではない死、人間としての死を夢みるのである。

僕達がまだ自分を「部族」と呼んでいた頃、僕達が好きだったひとつの言葉があった。それは

「There is a dreaming us.」

「僕達を夢みている夢がある」

という言葉であった。これはアフリカのカラハリ砂漠に住むブッシュマン族に伝わる伝統の言葉である。ブッシュマンという呼び名は、西欧文化人がつけた外からの名で、彼ら自身は自分達を「ズフ・トワ・シ」、つまり「害のない人々」と呼んでいるという。決っして他の種族の人々と戦うことのなかったそのブッシュマン達を、夢みている夢とは一体何であろうか。そしてまた、場所も文化の形も異なる日本という風土に生まれ育った僕達が、そのブッシュマンの言葉に光を受け、

「僕達を夢みている夢がある」

と感受する、その夢とは一体何であろうか。

手をかかげておられる大きな大きな大仏さんが、その深い夢の一部分であることは確かなことであった。大仏さんが、夢の一部分として、それ故にひとつの夢として、そこに在ることは確かなことであった。僕は大仏さんの下にたたずみ、合掌して、ふたたび深い夢をみているような、深く悲しんで

おられるような、その大きな大きな像を見上げた。大仏さんはそこにゆったりと坐っておられ、僕がそこにそうしている限りは、僕も確かにひとりの小さな大仏さんであった。

けれども、いつまでも大仏さんの元にいるわけにもいかなかった。僕が東大寺を訪れたのは、大仏さんに会うためもあったが、三月堂（法華堂）の不空羂索《ふくうけんじゃく》観音にお参りするためであった。

「部族」という場は、ひとりひとりの人間が本当に自由であることを願って作りだされた場であった。自由でありたいと願うことは、若者の特権であると同時に万人の願いでもある。なぜならすべての人々は、多かれ少なかれ自分はなにものかに不当に束縛されていると感じ、その束縛が解かれることを望んでいるからである。自由は、あらゆる人によって望まれるけれども、それに到達する道は長く険しい。

当時僕は、この問題について二つの側面から考えていた。

自由ということを本当に望む人達が集まって、それぞれの力を合わせて社会的国家的束縛からできるだけ自由なひとつの生活空間を作り出すこと。このことを除いては「部族」という名で自分達を呼ぶ必然はないわけで、「部族」にとってはこれは是非とも実現しなければならない根本の問題であった。前衛党によって指導される「革命」によって、社会的自由を獲得するという方向性の夢には、何故か僕はほとんど夢みられたことがなかったし、充分にお金持ちになることによって社会的自由を獲得するという方向性の夢にも、夢みられたことはなかった。僕はただ自由な社会に生きたいという夢をみていた。自由な社会、という夢に夢をみられていたのである。それでは自由な社会を作ろうではないか。それは大きなものである必要性はない。十人か二十人、二十人か三十人の人が集まって、ひとつの生活圏としての場を作り、そのような場をまた他の人達が百も二百も作り出して行く。当時、キューバ革命に成功した闘士チェ・ゲバラが、地上に百のキューバを！　と叫んだのであるが、その言葉に呼応して、地上に百万の「部族」を！　という思いが走ったこともあった。僕は「革命」に夢みられたことはなかったが、六十年安保闘争という時代の洗礼を受けたおかげで、自由というものが社会的なものであり、政治的にかかわるものであることだけは強く体感させられていたのである。それ故に「革命」という言葉を、完全に無価値で無意味な言葉としては見ることができなかった。

ともあれ、僕が「部族」という場に求めた自由のひとつの側面は、社会的国家的束縛からできるだけ自由になること、従って自由な社会を小規模でよいから作り出すこと、という社会的な側面であった。

けれども、自由という高貴な言葉は、本来社会的に求められるべき性質のものではなく、自分自身に深く関係する言葉であり、僕自身についていうならば、僕自身の死からの自由ということを除いては究極的にはそれは考えられないものであった。社会的に悲惨や悪が存在し、権力が存在する限りは、そこに自由はないけれども、そういうものがたとえ存在せず、仮りに自由社会が実現したとしても、僕が僕の死という束縛にしばられている限りは、僕に自由はないのである。死だけではない。自我《エゴ》という束縛、あるいは愛の欠如という束縛にしばられている限り、そこに自由はない。「部族」という場は、それぞれの個人がそれぞれの自身の自由、つまり解脱という言葉によって示されている方向へ旅をして行く場としても試みられる必要が是非ともあった。「部族」の人々が求めた自由という言葉の内には、だから、いわば空間的に解放される（する）という社会的な軸と、時間的に解脱する（される）という個的な軸の二つがあり、その二つの軸が交わった中点に、求められた本当の自由があるはずであった。

「エメラルド色のそよ風族」という呼び名で、国分寺郊外の大きなぼろアパートを借りて共同生活をしていた頃、僕は自分の一室に現在と同じく祭壇をこしらえていた。その後そのアパートが売り払われ「エメラルド色のそよ風族」が解散して、僕は僕の家族だけで東京都西多摩郡五日市町の山奥の深沢という部落に移ったが、その古い農家の一室にもやはり祭壇をこしらえていた。そして、その二つの時期を通じての約八年間、その祭壇の本尊はなぜか東大寺三月堂の不空絹索観音《ふくうけんじゃく》の額入りの写真であった。

うす暗く、冷やりとする三月堂の中に入ると、そこにはあの懐かしい不空絹索観音が、どっしりと立ったままで僕を見下ろしていた。身の丈、四、五メートルもある大きな方《かた》である。両脇には、名高い日光月光菩薩の二尊がやはり立っているが、その二尊は僕の眼にはほとんど入らなかった。

長い間僕の本尊であり、日々の祈りのすべてを究極的にはそこに捧げてきた、懐かしいと呼ぶにはあまりにも僕自身である、黒光りする方《かた》が、深い沈黙の内に合掌し、じっと僕を見下ろしておられた。僕も立ったままで深く合掌し、以前のように真っ直ぐにその方《かた》の内に入って行った。幸い堂内には他に誰も参拝者がいなかったので、僕はかなり長い間そうしてそこに立っていることができた。

十年前、インド・ネパールの巡礼の旅から帰ってきた時、僕は自分の本尊を、旅から持ち帰った観音の小像に変えねばならない必要に迫られていた。それで、その報告と無事巡礼の旅を終えることができたお礼を兼ねて、写真では申し訳ないので、本体のおわすこの三月堂を訪ねたのだった。その時には、その不空絹索観音の下に立つやいなや、震えるようなものがこみあげてきて、たくさんの涙が流れ落ちた。合掌したまま涙が頬を流れ落ちるにまかせていたが、それから十年経った今回は、そのようなことはなかった。不空絹索観音は、手に絹の細長い布を持っておられて、その布にすがりつき祈る者には、その願いはかならず空しくはならない、そういう意味で不空絹索観音と呼ばれる。この観音様からは、祈りというものは空しいものではないということを、僕ははっきりと教えていただいた。

堂内には、観音像に向い合う位置の壁に沿って、幅五十センチ程の縁台のようなものがしつらえられ、そこには狭い畳が敷かれてあった。僕は立ったままの礼拝を終って靴を脱ぎ、その畳の台に坐った。しばらく呼吸を整えてから、ゆっくりと心の内で般若心経を唱えはじめた。一回唱え終ったが足りない気がして、もう一回唱えた。終ってみるとまだ足りない気がして、もう一回唱えた。般若心経は、ゆっくりと噛みしめるように唱えるのが好きである。般若心経をゆっくり噛みしめるように唱えられるという機会には、そうやすやすと恵まれるものではない。その午後、旅人である僕には時間が充分にあり、畑の仕事をする必要も山羊やニワトリに餌をやる必要もなかったので、そういうことができた。

以前の本尊であり、以前の僕ではあるが、やはり不空絹索観音は他人ではなかった。いつまでもそこにそうしていたかったが、次から次へ修学旅行が来るし、朝から何も食べていずお腹も空いてきたので、席を立って三月堂の外へ出た。

三月堂の前の閑散とした茶店で、きつねうどんとクズモチを注文して待っている時、修学旅行の引率者であるらしい、教師とおぼしき人が馳け込んできた。生徒が倒れてしまったので、電話を使わせてくれと頼みにきたのだった。近くには赤電話がなかったらしい。タクシーを呼んで病院に連れて行くという。その教師とおぼしき人の頼み方は、頼むのではなく、むしろ電話ぐらい生徒が倒れたのだから当然使わせろという感じであったが、驚いたことに店のおやじは、うどんか何か食べるんだったら使ってもいいよ、と言ったのである。教師の方は何のことか判らず、えっ？　と聞き返すと、おやじは、もう一度同じ意味のことを繰りかえした。教師にも今度は意味が通じて、生徒が倒れているのにうどんなんか…とか、急に朴訥《ぼくとつ》に弁解をして、電話を借りずに行ってしまった。三月堂の目の前の茶店では、そんな寒々しい風景があった。そういえば、三月堂に入るのにももちろん入場料が必要であった。

店を出て、それでも三月堂から去り難く、もう一度三月堂のまわりをぐるりと廻ってみようと思った。右廻りに廻って行くと、崖に行き当った。崖と三月堂の間には木戸がしつらえてあった。僕はその木戸を開けてなおも廻ろうとしたが、木戸には鍵がかかっているらしく、開かなかった。お堂のまわりを廻るということは、仏道にあっては古くから伝えられている礼拝の一様式であり、右遶《うにょう》と呼ばれている。尊い人や聖なるお堂などに出会ったら、右遶してその対象に敬意を表し、礼拝するのである。古式なやり方だといえばそれまでだが、ヒンドゥ世界では今も一般的に行なわれているし、ネパール人やチベットの仏教寺院でもそれは今も盛んに行なわれている。

ゆっくりとお堂なり神社のまわりを歩くという礼拝の仕方が、僕は好きである。それで三月堂にも、そうやって別れようと思ったのだが、木戸には鍵がかかっていて、それ以上進むことはできなかった。やっぱりそうかと思いながら地面に眼を落とすと、裏木戸のすぐ前に、長さ十センチ、幅五センチほどの細長い灰色の丸石がおかれてあった。拾い上げて見ると、表面にはうっすらと苔が生えているが、石自体にも淡い緑色が秘められていて美しかった。裏を見ると、一部分にわずかだけだが、砂利をこねたようなセメントがこびりついていた。石肌には淡い褐色も秘められていた。硬い石であった。僕にはそれは、今は本尊でなくなった不空絹索観音からの、友情の贈りもののように感じられた。友情と呼ぶには、不空絹索観音はあまりにも深く大きい精神であるが、前の茶店での風景があまりにも淋しいものであったので、かの方《かた》は憐れに思って、その石を僕に持たせてくれたのかも知れない。

その石はまた、「部族」という集まりが、多くの欠点を持ち、結果的にはその呼び名は自然消滅になってしまったものの、その精神《スピリット》においては明るい真理に棹さした船であったことの、印可であるようにも感じられた。肩にかけた布のバッグに、僕はその石を大切にしまいこんだ。

第二部

此岸

そんざいの木の根は　いのちとともにある
土があり
水が流れている
むろん　死がある
塩焼けた顔　塩焼けた眼　塩焼けた微笑
塩焼けた足が歩いている
ここよりほかに　源はない
土があり
水が流れている
そんざいの木の根は　いのちとともにある

一　湊川の二十畳岩

また今年も夏がめぐってきた。山々の緑がむせるような濃緑になり、熊蟬の群れが一日中遠い潮騒のように鳴きたてている。風の向きによるのか、それとも蟬の鳴き声にも満ち干があるのか、一刻《いっとき》激しく鳴きたてると、やがてそれは山の濃緑に吸いこまれるように消えて行く。しばらくすると、また潮が押し寄せるように鳴きはじまり、その調子は次第に激しくなって、やがて絶頂に達する。ものいわず照りつける強烈な日射しの中で、全身全霊をこめて鳴き立てる熊蟬の地深い鳴声は、命が生きて在ることの記憶の現前のようでさえある。しかしこの絶唱も、やがていつしか調子が弱まって、気づいてみると山の濃緑と太陽の光に吸いこまれたもののように消えてしまう。

この島では、直射日光のもとでは気温はかるく五十度を越える。温度計には五十度以上の目盛がないので、どの位まで昇るのかは判らない。けれども試みにその温度計を、木蔭に移して計ると、たちまちそれは三十度位まで下る。この二十度の温度差が、屋久島の夏がどれほど暑くても決っして不快ではなく、むしろ心地よい、太陽の黄金の季節と感じられる秘密である。

僕達が住んでいる白川山《しらこ》には、何度も御紹介するようだが、その真中を大きな谷川が流れている。この谷川はかなりの急流で、巨大な花崗岩の群れにぶつかりながら、水しぶきを上げつつ流れ下る。その様子は、命そのものの激動のようで、いつ見ても決っしてあきるものではない。しかしながら、この谷川がその真価を発揮するのは、やはり夏である。両岸からうっそうと繁りかかる大木の緑の下を、白いしぶきを上げつつ流れ下る透明な水を眺めていると、命というものが激しいものであると同時に透明なものであり、何よりも清らかなものであることが感じられる。

この季節は子供達の天国である。子供達は一日中この谷川で泳ぎ遊ぶ。谷川の水は冷たくて、とても長い時間泳いではいられないのだが、体が冷えると手頃な岩に這いのぼって、その岩の熱で体を暖める。直射日光と岩の熱の両方で体を暖めると、また水の中に入って行くのである。体を暖めては泳ぎ、泳いでは体を暖めて、一日中あきることがない様子である。僕などはもう、冷たすぎてこの川で泳ぐ気持にはならない。せいぜい裸足の足先を水に浸して、子供達が泳ぎ遊ぶのを眺める程度である。子供達といってもせいぜい六、七人。蟬の鳴声のほかには物音もしない山の中のむらで、子供達の叫び声を聞いているのは、美しい音楽を耳にしているようなものである。

この川に、子供達がすべり石と呼んでいる大きなすべすべとした石がある。畳三畳分ぐらいの大きさで、斜めに川の中へ傾きこんでいる。その傾斜はすべり台よりもはるかにゆるいけれども、あらかじめ川水をじゃぶじゃぶかけておいてすべると、すべり台をすべるように川の中にすべり込むのである。まだ学校にも行かない幼児は、なかなかこのすべり石をすべれないが、学校に行きはじめる年頃になると、自然にすべれるようになる。石にじゃぶじゃぶ水をかけ、仰向けになって足から川にすべり込む。三、四年生にもなると、頭を下にしてうつ伏せになり、頭からざぶんと川の中に突っこめるようになる。他の子供達は、すべる子が気持よくすべれるように、その子の体や石に、まわりからじゃんじゃん水をかけてやるのである。たくさん水をかけてもらうとすべり心地がよいらしく、このときばかりはどんなに水をかけられても、誰も不服をいわない。水をかける方もかけられる方も楽しいのである。

熊蟬の鳴声と同じく、子供達の川遊びにも満ち干のようなものがあり、そのエネルギーが最高に高まるときと、潮が引いて皆んなで岩の上にごろごろ這いつくばっているときとがある。すべり石すべりが始まるのは、いつも子供達のエネルギーが絶頂に達した時で、周囲からじゃんじゃん水をかける中を、次から次へ代わる代わるすべり下って行く様子を眺めていると、こちらまで子供の日々に還ったように幸福な気持になってくる。

熊蟬の鳴き声と違って、けれどもその喜びの絶頂は、日に何度もやってくるものではない。子供達にとっても、それは文字通りにその日一日の遊びの絶頂であり、子供達全員の気持がそこに高まり、そこに集中されたときでなければ、石すべりは始まらない。見ていると、どんなに多くても午前と午後に一回ずつその波がくれば、それで終りである。時には、三日も四日もその波がやって来ないこともある。子供達は子供達なりに、幸福というものが、そうたやすく得られるものではないことを知っていると同時に、そのことを学んでゆくのでもあろう。

僕達が住んでいる所から、谷川沿いの道を一キロばかり下ってゆくと、白川橋と呼ばれている鉄筋コンクリートの橋がかかっている。この橋がいわば白川境で、ここから上が、白川山ということになる。谷川は、この橋の下を流れ下ると大きく右に曲る。そしてここから先は、谷川は白川とは呼ばれずに、一湊《いっそう》川と呼ばれる。一湊川は、ここからほぼ三キロ流れ下って、一湊の山手を迂回して海に入る。

この白川橋の下に、畳なら二十畳分くらいの、大きな一枚岩がある。平らな一枚岩で花崗岩である。岩の表面をいくつかの割れ目が走っているが、川の中にそのように大きな平らな岩があることはめずらしく、僕なども時々谷に下ってその岩の上を歩いたり、横になって岩の感触を楽しんだりする。

白川山のすべり石が、白川山の子供達の大好きな石であるのに対して、この二十畳岩は一湊の人達がとても愛している岩である。冬の季節を除いて、お天気のよい土曜日の午後や日曜日などに、親子連れや若者同志でやって来て、岩の上に陣取って楽しんでいる。夏のこの季節は、川遊びを兼ねた弁当持ちの家族連れや、夕涼みがてら四、五人でビールを飲みにくる若者の姿をよく見かける。毎日海を見て暮らしている一湊の人々であるが、それだけにかえって谷川の持つ清冽な空気が、気分がかわってめずらしいのであろう。

この二十畳岩は、白川橋のすぐ下にあるのだが、正確にいうと白川橋よりわずかに一湊側に寄った位置にある。つまり白川境の下《しも》にある。そしてこの岩は、もとより誰の岩でもなく川の岩であるけれども、何故か一湊の人達の岩であって、僕達白川山住民の岩ではない。距離からすれば白川山からは一キロ、一湊からは三キロの位置にあり、僕達の方がずっと近く、従って僕達の岩であっても少しもおかしくないのだが、何故か僕達の岩という感じにならない。白川山のすべり石が、今では完全に白川山の子供達のすべり石になっているのに比べれば、その所有の度合には雲泥の差があるといわなければならない。

僕は一湊の外れに畑を借りているし、一湊の隣りの志戸子《しとご》という所にも畑を借りている。畑仕事の行き帰りのほかにも、買物やその他の用事で、一日平均一回はこの谷川沿いの道を車で往き来する。僕以外の白川山の住民も事情はほぼ同じである。だから、一湊の人々が車を使うとは言え、三キロの道をわざわざその岩の上で遊ぶ目的で訪れるのに比べれば、僕達ははるかに日常的にその岩の上で休み、あるいは憩う機会を持っていることになる。その岩は、がっしりした大きな二十畳分もの広さのある岩で、誰が見ても気持よく、その上で一服したりゆったりと寝そべってみたいと感じる岩なのである。一湊の近くにはそんな大きな平岩は二つとない。一湊の人達と憩いの場を争うというのではなくて、そこにひとつの素敵な岩があるのだから、そしてそこをしばしば通りかかるのだから、そこで憩いたいと思ったらそうすればよいはずである。

もちろん僕は、これまでに何度もその岩に下りて行った。裸足になってその上を歩き、大きな岩というものが持つ測り知れない存在感を確かめたり、体を長々と伸ばして仰向けになり背中からくる岩の感触を心地よいものとして感じたりした。一服してタバコに火をつけ、その一本をじつにおいしく吸ったこともたびたびである。けれども何故か、その岩は僕のものにならないのである。僕はその岩が大好きなので、何とかその岩に受け入れてもらい、その岩の上でその岩の世界に入りたいと願うのだけど、微妙な異和感があってすっぽりとその中に入って行くことができない。それはちょっと、自分が恋しいと感じている人が、自分が思っているほどには自分を感じてくれないという、少年の日の悲しい恋の直感に似た感情でさえある。

ところが、一湊の人々がその岩の上にあって、家族連れで弁当を広げていたり、若者達同志でビールを飲んでいるのを見ると、岩と人の呼吸は実にぴったりとしていて、人が感じることを岩が感じ、岩が感じていることを人が感じていることが一目で判ってしまうのである。しかもそこには、もちろん意識的な作用などは微塵もない。白川山の子供達が白川山のすべり石で夢中になって遊んでいるのと同質の、ただそこに溶けて在る世界があるだけである。その二十畳岩は、一湊の人々の岩であり僕の岩ではない。

僕達家族が屋久島に移り住んだのは一九七七年の四月のことで、その時点で僕はもう自分を「部族」とは呼ばなくなっていた。「部族」という呼び名は、そう名づけられた時点においては詩的な光を持ち、この産業主義合理文明とは別の文明を作り出して行く唯一の平和的な突破口と感じられたが、時間が経過し、多くの若者がそこにやって来、そこを去ってゆく過程において、次第にはっきりしてきたことが幾つかあった。その一つは、「部族」という理念を実現してゆくためには、それがいかに小さく非組織的な集まりであるといえども、それなりの政治性と組織力が必要であるという事実だった。たった一人の「部族」ということはその性質上あり得ず、人は集まらなくてはならなかった。人が集まれば、そこに自然発生的に指導性《リーダーシップ》が要請され、反社会的集団として社会的に閉じこめられている小集団の指導性《リーダーシップ》は、応々にしてカリスマ的な教条性の片鱗を持たざるを得なかった。理念としては、「部族」という集まりに求められたものは、全く新しい自由であり、カリスマや教条性はもとより指導性《リーダーシップ》ですらなかったが、現実に湧き出してきたものはその種のものであった。そしてそれを解決していくためには高度の政治力と、それなりの組織力が必要であった。つまり政治を否定する政治力と、組織を否定する組織的な力が必要であった。「部族」というムーブメントに乗った者の一人として、僕は自分なりにその不可能に近い役割を必死になって追求したつもりである。何しろ僕もまだ若かったとは言え、そして詩的な絶叫であったとは言え「地球上に百万の部族を！」という言葉を吐いてしまった自分への責任があった。出来るだけのことはやったつもりだが、一年間のインド・ネパール巡礼の旅をとおして、そのような役割は僕の人生に課せられた真の仕事ではないことが明瞭になった。「部族」という、特殊な真実な集まりの中で、特殊な真実な役割りを果すには、僕よりははるかに強大な魂を持った人間が適切であり、政治を否定する政治的な力と組織や経済力を否定する組織的かつ経済的な力を兼ねそなえた人間が適切であった。そのような理想の人は、僕が知る限りではマハトマ・ガンジーであるが、マハトマ・ガンジーはもはやこの世の人ではない。

僕が家族と共に屋久島に移り住んだ頃、僕の中から「部族」という言葉はほぼ消えてしまっていたが、東京の国分寺市の外れのぼろアパートを借りきって「エメラルド色のそよ風族」と称して共同生活をしていた頃には、僕達はひとつの紙箱を持っていた。その紙箱は郵便受けのような形のもので、入れる口と出す口の二つがついていた。そしてその上部には貼り紙がしてあり、そこにはおよそ次のような言葉が書かれてあった。

世界の経済問題は、この箱一つで解決する。
お金のある人はこの箱にお金を入れよ。
お金のない人はこの箱から持って行け。
常にこの箱を満たし、常にこの箱を空にしようではないか。

これほどのオプティミズムは、紙箱をとりつけた本人も少しも本気ではなかったけども、そこで提出されていた問題が所有の否定ということであったのは明らかなことである。諸悪の根源が所有という欲望から始まるゆえに、禅堂においては本来無一物と教え、無一物中無尽蔵と教える。僕達はそのことを知っていた。「部族」のリーダーの一人であったNが、ほぼ二十年間というもの一切の労働をすることなく、旅から旅へと渡り歩き、着ているもの以外はそれこそハシ一本所有せずに、光り輝きつつ生きているのを僕達は見ていたし、彼の光が、ほかならぬその無所有無一物から生じていることもよく判っていたからである。一方ではカール・マルクスの「能力に応じて働き、必要に応じて取る」という美しい言葉も、僕の中にはあった。それも詮じつめれば無所有の一語に帰した。だから「エメラルド色のそよ風族」の共同食堂の壁に、そのような貼紙が出されたことは、決っして本気でその箱が満たされ空にされるとは思われなかったものの、ある意味では本気以上の本気のアッピールだったわけである。僕達はその理念を実現するべく、衣食住を中核とする生活の様々の面で、共同化あるいは共同所有を進めていった。しかしその紙箱の方は、お金のある人が少しもいなくて、お金のない人ばかりであったので、常に空のままで決っして満たされることはなく、従って世界経済の問題は少しも解決できなかったのである。

それはもう十五年近く前の出来事で、今ではそういう紙箱があったことさえ記憶から失われがちであるが、その箱が意味した無所有という理念だけは、個人的に今も僕の中にこびりついている。Nはその後も無所有無労働を貫いて、日本国内はおろか北アメリカ、ヨーロッパ、オーストラリア、はてはモンゴルから中国までの旅を続けて、年齢も六十の坂を越したが、まだまだその旅は終りそうにない。僕の方はその理念を、しみついたアカのように胸にこびりつかせながら、書物だの鍬だの鎌だの、トラックだの冷蔵庫だの風呂釜だの、預金通帳だの、何体かの小仏像だのを所有して、またそれらに所有もされて、僕なりの旅を続けている。

僕は現在、生きて行く上で必要最少限の所有＝私有、はあってよいものと思っている。所有（私有）は、少ないに越したことはないし無いに越したことはないけれども、自分達の住む家と土地、百姓ならば何反歩かの畑ぐらいまでは、独身者であれば自分の名儀で、妻帯者ならば妻あるいは夫の名儀で所有してよいと思っている。僕の場合は甲斐性がなくて、家も土地も畑もすべて借りているけれども、それらをささやかに所有している人達を非難する気持には、理念的にももうならない。一つの家族が、生活をしていく上で必要最少限の家や土地や畑を所有することは、むしろこの社会の平和のためのひとつの要件ではなかろうかと感じることもある。それは、Nのような特殊でラディカルな人の存在を否定することではなくて、そのような光ある人と共生共存してゆく方向においてであることはむろんのことである。

僕は、一湊川の二十畳岩が、僕のものではなくて一湊の人々のものである、ということを記した。そのことについて、もう少し書き加えなくてはならない。なぜなら、本来誰のものでもない川の中の石が、誰かのものであると感じられたり感じられなかったりすることの背後には、人がひとつの場に住むということについての見逃すことのできない風景があるからである。

一湊の人々が一湊川の二十畳岩でお弁当を食べたり、川遊びをしたり、夕涼みのビールを飲んだりする姿を見ていると、僕の胸の内には、大盤石《だいばんじゃく》という言葉が湧き出してくる。大盤石とは、不動明王がその上に立つ岩の呼び名でもあるが、一般的にはゆるぎないこと、不動であることを意味する。ゆるぎなく不動であることとは、欲望の消滅からしかやってこない。一湊の人々にとって一湊川の二十畳岩は、何百年もそこに在りつづけた岩である。その岩は、大岩とはいえひとつの岩にすぎないけれど、屋久島という島がそこに住む人々にとってゆるぎない不動の故郷であるのと等しく、ひとつのゆるぎない不動の故郷なのであった。だから一湊の人々は、その故郷である岩にあって、何の屈たくもなしにお弁当を食べることができ、川遊びをすることができ、夕涼みのビールを飲むことができる。

所有という事実は、愛という真実の前に力を失うが、その愛という真実でさえも、故郷性というより深く広い真実の呼び声の前には力を失う。故郷性において、人間の根元悪である所有という欲望が、欲望ではなくて愛の姿に変身することができるのである。

一湊川の二十畳岩を、僕の岩と主張することは、僕もその岩を愛している限りにおいて困難なことではない。けれどもそれが、所有力点のとれたただの僕の岩となるためには、まだかなりの年月が必要であるように思われる。島では、三代住んでもよそ者、という言葉すらある。よそから島に来た者にとっては、それは一見して封建的な排除の言葉のように聞こえるが、その内実は決っしてそうではない。風土と人とは分かつことの出来ない真実の関係から成り立っており、人も深いが、風土は人よりも更に深いのである。我思うゆえに我あり、という、近代理性を育くんだ人の言葉はいかにも深いが、その言葉は、その言葉を意識する人間という存在が風土から生まれたものであり、風土に還って行くものであることを忘れ果てている。

風土と人が渾然一体となって、深く調和して在る世界。それを「故郷性」の世界と呼ぶ。月面に立った宇宙飛行士が、ビー玉のような青い地球を見て、あそこが命の故郷なのだと感じる話は感動的だが、僕の努力は、月面に立つことではなくて一湊川の二十畳岩を、僕の岩と感じ、大盤石と感じ、屈たくなくその上でお弁当を食べたり、昼寝をしたりする方向へと向けられている。

ラーガの丸石

八月のある日の午後、東京から来た若い友人と、佐賀の方から見えた五人のお客さんと、我が家の一家七人とで海に行った。そこは四ッ瀬と呼ばれている浜で、三、四キロ続く長い白砂の浜が終り、そこからごつごつした岩浜が始まる境い目の浜であった。中学生や高校生の年長の男の子と、僕にとっては、ただ泳ぐだけの砂浜には何の魅力もないが、お客さんが連れて来た小さな女の子二人をはじめ、小さな子供達や女達には砂浜の海水浴が適している。砂浜があり岩浜もある四ッ瀬の海は、その両方の望みがかなう静かな美しい浜であった。

太陽の光をまともに受けてしんしんと輝く砂浜に降りて行くと、ビーチパラソルがひとつ立てられており、そこに二人の人影があるだけだった。海は深い藍色にたたえられてあった。僕はその浜がとても好きで、白川山から十キロばかり離れているのが難点ではあるが、夏にお客が来るとよくその浜へ案内して行った。夢のように美しい浜であるのに、いつ行っても人影がないか、あっても三、四人程度で、海水浴場につきもののかしましいざわめきがないのが、有難かった。浜の松林の木蔭に荷を下ろすと、高校生と中学生の二人は早速に、それぞれ自分で作った竹の柄のついた手モリを持ち、水中眼鏡にセットしたシュノーケルをつけて、手頃な瀬がある右手の沖合へと泳ぎ出して行った。子供達や女達は砂浜の浅瀬で、少し高くなってきた瀬波と遊びはじめた。瀬波が高くなってきたのは、台湾の北を台風八号が通過しているためであった。お客のうち最年長の初老の人は、福岡の方の大学と東京の自由学園の両方で先生をされている人で、敗戦の年には二十三才か四才であった人であった。

多くの同年代人を戦争で失い、戦場からただ一人帰還したかのような淋しさを魂の内に持っている人であった。その人の体の中には、まだいくつかの小弾片が残っているそうで、その肉体は何度もそれに敗けそうになるが、死んでいった多くの友人の無念を想うときに、敗けてなるものかと魂をふるい起こすのだということであった。敗戦後、三十九年の年月が過ぎたが、その人はまだ一人で黄色人種を蔑視し圧制した白色人種と闘っているとのことであった。その人の体に沁みこんだ痛みと思想の詳細は、もとより僕にはわからないけれども、その人の体からは言いようのない淋しさが発散されており、熱く放たれる言葉からも魂の淋しさだけが感じられるのであった。

その人もパンツ一枚になって、五十メートルほど沖の潜水艦の形をした瀬に向けて泳いで行った。その日一番最後に、僕も水中眼鏡とシュノーケルをつけ、手にはバールを持って海に入って行った。その日の僕の目的は、三、四メートルの海底にいるシャコ貝とトコブシを採ることであった。僕も右手の沖へ向ったが、二人の息子のように沖の瀬には行かず、浜に近い大岩の切れ目の深みに沿って、貝を探して行った。一時間ばかり貝を採って浜に戻ってみると、先に上っていた二人の息子が、大小二匹のタコと大小二匹のモハメとこの島で呼ぶ、ブダイの一種を仕止めてきたことが判った。それだけあれば、僕の貝類も合わせて夜のおかずや焼酎のつまみに充分なはずであった。

僕はその初老の先生と並んで砂浜に腰を下ろしていた。その人と並んで座ると、真夏の午後の輝く砂浜であるのに、太陽は雲に隠れ、海の色も藍色から灰青色に変り、高くなってきた瀬波の音が子供達の歓声よりも強く響くような具合であった。もう一人東京から来た若い友人もいたが、彼は寡黙《かもく》な男でほとんど黙ったままで海を見つめていた。

前方十キロほどの沖合いに、大きな鯨の形をした島がくっきりと見えていた。その島は口永良部《くちえらぶ》島と呼ばれている島で、周囲二十キロ位はある火山島であるが、人口は二百人ちょっとしかない。屋久島からしか船便がないので、いわば離島のまた離島の島である。僕は先生に、眼の前で泳いでいる中学二年になる男の子と小学五年の女の子の両親が、五年前にその島で相次いで自殺していったことを話した。男の子は踊我《ヨガ》といい、女の子は裸我《ラーガ》という。もちろんその名前は両親がつけた名前である。

「淋しいことですなあ」

と先生は言ったが、それにしてもその人の魂はもっと淋しいようで、敗戦記念の八月十五日を間近にひかえて、多くの戦友がそこに死んでいった、その東シナ海の海を眺めているだけであった。

口永良部島は、昭和五十九年六月一日現在の調査によれば、百十五世帯二百三十七名の人口数となっており、島の大きさに比べれば世帯数も人口も極めて少ないと言わなくてはならない。数年に一度の割合でしか噴火しないが、活火山島であり、島の裏手には豊かな温泉も湧き出している。屋久島の人々はこの島を単にエラブと呼んでいるが、その呼び方には、自分達の島よりもずっと発展が遅れた淋しい島、というニュアンスが常につきまとっている。事実、口永良部島は淋しい島である。先の章で記した、トカラ列島の諏訪之瀬島ほどではないにしても、一つの島で、ということは一つの独立した地域社会で、二百人そこそこの人口しか持たないということは、その共同体が崩壊するかも知れない危機に常にさらされていることを意味する。隔絶された島であるだけに、島全体を流れる孤独感には特別のものがある。

踊我《ヨガ》と裸我《ラーガ》の両親が亡くなった事件で、僕は一度だけエラブに行ったが、船から上陸するやいなやその淋しさが体に感じられた。淋しさというより、島全体を包むしーんとした静かさが、同じ島ながら屋久島とは全く異質のものとして感じられた。立木の間に家々があり、人が住んでいるのは確かなのだが、人の姿はどこにも見当らなかった。しかしながら、その静かさの底にはなにかしら懐かしいものがあった。文明開化で人の世が賑々しくなるまでは、そのような静かさが日本中どこの島や村に行っても本流であったはずだと思うのである。

二人の両親が亡くなったのは、船が着く本村から五キロばかり離れた、向江浜という所であった。そこは、以前は硫黄の採掘で賑わった所だということだが、現在は人が住んでいるのは三、四世帯だけで、無人の家の、板戸がぴったり閉じられたままのものがほとんどだった。淋しさ、あるいは静かさもここまで来ると少々陰惨で、自分を「部族」と名乗っていた友人夫妻が、結果的に死の土地として選んだことが納得できるような気持さえした。けれども向江浜は、その呼び名が示すとおり、砂浜の海に面した明るい所で、魚はふんだんに獲れるし畑も充分にあるし、裏山の樹木もあふれるように豊かで、水も流れ、人間が住む環境としては申し分のないはずの場所であった。もし都市の近くであれば、夏場の海水浴をはじめ年をとおしての釣客などで、逆に破滅させられそうな所であった。そのような美しいむらが、無人の家だらけの土地となってしまった原因が、都市文明に眼をくらまされた島抜《しまぬ》け者達によることは当然のことであるが、その人達が都市文明という魅惑に眼をくらまされたことを非難できる者は、この地に残ったわずかな人々を除いて、他にはいない。日本民族は挙げて産業主義合理文明に眼をくらまされ、それに追随する以外の生き方を求める人は、向江浜のわずかな残留者と同じく極く少数なのだから。

その意味では、この地に新天地を求め、この地で新たに「部族」的な人間の集まりを作ろうとしたW夫妻の生き方は、その死をも含めて勇気ある生き方であり自分に誠実な生き方でもあったと思う。僕はW夫妻とはそれほど親しい仲ではなかったし、つき合いもうすいものであったが、彼らが広島から子供連れでその島にやってきて、一年そこそこの内に死という形において去って行ったことに対しては、深い同朋の気持を感じこそすれ、非難めいた気持はいささかもない。それは多分、佐賀から来られた先生が戦友の霊に黙するのと同質の感情であり、痛みでもあろうと思っている。

五年前当時、口永良部島にはKさんという絵描きの一家が住んでいた。やはりよそから移り住んできた人で、もう何年もその島に住み、島の小学校のPTA会長も務めるほどに島の生活に溶けこんでいる人であった。

W夫妻が相次いで死んでいった後に、残された二人の子供をどうするかということが当然問題になったが、馳けつけてきた死者の肉親達はそれぞれの事情を主張して、子供を自分達の手元に引き取る気は毛頭ないのだった。Wの父親は、育てる人がいないのであれば自分が引き取るが、それは少年ホームのような施設に入れるという仕方においてであると言った。火葬場で、死んだ二人を焼いている間、双方の肉親の間で交わされるかなり険悪なやりとりを聞いていたKさんは、長い間じっと火葬場の庭で遊んでいる二人の子供を眺めていたが、ついに意を決っしたかのように、自分が二人を引き取って育てると宣言した。すでに三人の子持であるKさんが、さらに二人の子供を育てる決心をしたのはよくよくのことであったろうが、Kさんは、遊んでいる二人の子供を見ている内に、育ててみたくなった、という言い方をした。

火葬が終った次の日、Kさんは二人の子供を連れ、僕はあちこちから馳けつけてきたWの友人達と一緒に、Wの借りていた向江浜の家の後始末をするために、エラブに渡った。本村に家を借りているKさんとはそこで別れて、僕らは向江浜に行き、Wの家財道具の大半を浜に運び出して、燃やした。食器類その他燃えないものは、大きな穴を掘ってことごとくその中に埋めた。残されたものは、子供達の衣類や勉強道具、Wが愛蔵していた数百枚のモダンジャズを主としたレコード、またWの仕事であったシルクスクリーンの道具一式、及び何百冊かの書物くらいのものであった。

二日がかりで後始末を終え、二日目の夜をKさんのアトリエで過ごすべく本村に帰って行くと、そこでまたひとつの事件が持ち上っていた。Kさんが、引き取った二人の子供も含めて一家で島を出るというのである。なぜかというと、Kさんが二人の子供を連れて島に戻ってきたのを知って、それまで親しくKさん一家とつき合っていた島人の全員が、一斉にKさん一家を露骨に白眼視しはじめたからだという。Kさんの奥さんは、Kさんにも増して心優しい磊落《らいらく》な人であったが、その奥さんにとってさえ島人の射るように冷たい視線は、とても耐えられるものではないとのことであった。二人の子供が戻ってくる日の朝まで、何年もの間親友のように仲がよかった隣家の人ですら、二人の子供を見るやいなや凍りついた表情になり、一切口をきかなくなってしまったのだという。

僕らがKさんのアトリエに着いた時、その場には当時小学二年生だった踊我《ヨガ》の担任の先生が来ておられた。その先生はもちろん島の人ではなく、鹿児島から赴任してきている中年の女の先生であった。Kさんはその担任の先生に望みをたくしているらしく、その先生が責任を持って学校を引き受けてくれるのであれば、Kさんとしてももとよりこの島が好きで住んでいるのだから、島人の怒りが解けるまでこの島で頑張るつもりのようであった。しかしそのがっしりとした体つきの女の先生は、

「私にはその自信は全くありません」

と答えた。

僕はその言葉を自分で耳にしたが、それは教師という立場にある彼女にとってさえ、その子を学校

に迎え入れる（それまでどおりに学校に来させる）ということが、全く不可能な状態であることを明らかに示していた。それを聞いてKさんが、では自分達は一家で島を出るほかはないと言いはじめたのである。

廻されてくる一升びんの焼酎を飲みながら、前日の火葬場のKさんのように、考え込んでしまうのは今度は僕であったが、それはこの章のテーマではない。

問題は、なぜ島の人達が全員で一斉に、先生でさえも太刀打ちできないほどの怒りをもって、Kさんに迫ったかということである。

僕はもとより口永良部島の島民ではなく、屋久島の島民としてもわずか七年そこそこの年月があるに過ぎない。島人の深い心の十分の一も理解できる立場にはない。島の人達は、島という風土と一体になって、先祖代々何百年となく住み続けてきて、その結果はまごうかたない島の文化という形において結晶している。口永良部島からは弥生式土器が出土するのであるから、年月の単位は何百年ではなくて何千年といった方が正確であろう。何千年間にわたる人々の営みの結果として、現在の口永良部島の生活があり、島の文化がある。島の人達が、一夜にして全員が一斉にKさんに怒りを向けたことについては、当然そののっぴきならぬ理由があるはずであった。

島社会には一般的に刑法的に定められ得る罪のほかに、その世界を守って行く上で必要な禁忌《きんき》（タブー）というものが存在する。その一つは、島抜けであろう。自分の島に比べて、よその島あるいは世界が、一見して豊かで暮らしやすそうに見えれば見えるほど、その島を抜け出して行くという行為は、そこに残る人々にとっては許し難いことである。口永良部島に限らず、日本中のあちこちの離島で、かつては島抜け者に対してはその縁者に精神的物質的制裁が加えられる伝統があったことが知られているが、その禁忌の真実が、貧しい島に共に住むという諦めと強制に立脚しているだけではなくて、人間の欲望というものには限りがないものであるとする宗教的な真実により深く立脚していることを、僕達は見ていく必要があるはずである。今では辺ぴな離島は島抜け者ばかりで、島に残っている人々の方が敗残者のごとき観を呈しているが、たとえば一歩口永良部島に足を踏み入れれば、そこには足元から立ちのぼるしんしんとした静かさがあり、その淋しいほどの静かさの中には、人間の欲望の頂点である核兵器などという発想は夢にも存在することができないことを、僕達は深く学習する必要があるだろう。

島抜けよりももうひとつ深い禁忌は、自殺であろう。なぜなら自殺者の子供は島に住むことができないのだから。

三、四年前に、東京に住んでいるダウン症の子供を持っている弟から、一つの逸話を聞かされたことがある。その逸話によれば、ある男が地獄の夢を見た。その地獄では、ホールの中央に大きな立派なテーブルが据えてあり、テーブルの上にはいくつもの山海の珍味が立派なお皿の上に盛られてあった。飢えた地獄の亡者達はその料理を食べようとするが、地獄にはひとつの定まりがあって、その料理を食べるには長さ一メートルもあるフォークを使って食べなくてはならないのだった。亡者達はその長いフォークを使って、必死になって料理を食べようとするが、どうしても食べることができないのであった。その男はあまりの苦しさに眼を覚ましたが、今見た光景が夢であったことを知って再び眠りこんだ。そして今度は天国の夢を見た。その天国では、ホールの中央に大きな立派なテーブルが据えてあり、いくつもの山海の珍味が立派なお皿に盛られてあることも同じで、一メートルほどの長さのフォークを使ってそれを食べなくてはならないという規則がある点でも同じであった。男が夢の中で見ていると、その天国ではテーブルに向い合って座っている人々は、お互いの長いフォークを使ってお互いの相手の口にその料理を食べさせ合っているのであった。

島社会というものは、限られた狭い共同体である故に、禁忌を破った者に対してはそれなりの激しい制裁を与えるが、その日常生活はまさしく、夢を見た男の、天国の風景によって支えられているものである。誰もが死すべき人間であることが自明であり、誰もが同じ欲望と弱さを持つ貧しい人間であることが自明であるから、お互いの自我というフォークを、お互いを突き刺すためにではなくて、お互いを養い合うために使いこなすのである。それはクロポトキンによって「相互扶助」と名づけられた社会ないし共同体であるが、「相互扶助」という言葉さえ不必要な、自然発生的な共同体律ないし社会律を持った世界である。そしてそのような世界が、この産業主義合理文明にほぼ呑みこまれた地獄のような日本にあっても、まだ現存しているということを呼んで、僕はそれを、島文化と敢えて名づけるのである。

島社会における禁忌のひとつは島抜けであり、またひとつは自殺であった。一人の人が、その島の住民でありながらその島において自殺をするということは、その島の人々が彼を殺したのだということの島の人々への宣言であった。なぜなら、島社会にあっては人々は、ただ自分が生きていくためだけではなくて、日常的にお互いに生き合う形で深く生き続けているので、そのかかわりの輪の中にありながら自殺をするということは、その社会全体がその人を殺したことを宣言する形にならざるを得ないからである。わずか二百人そこそこの共同体の中で自殺者を出すということは、共同体の住民にとってはこの上ない恥辱であると同時に、共同体に対する宣戦布告でもあったのである。Wの場合は、長年負っていた躁うつ症が高じての自殺であり、奥さんはその後を追って死んでいったのだから、島共同体がその責任を追求される筋合はなにもない。にもかかわらず、わずかな月日とはいえ島に住み、島民であった者が突如として次々に死んでいった衝撃は、共同体の地盤が、過疎化によって脅かされている最中の出来事であるだけに、一層激しかったに違いない。その衝撃は、よそ者が島の顔に泥を塗った、という怒りの形にまで発展したであろうが、僕達が理解しなければならないのは、共同体の本意はそこにあるのではなかった、ということである。

島抜け者の縁者に対する制裁が、真実には欲望は制禦されなくてはならないとする真理にもとづいていたように、自殺者の子を追放するという自殺者への制裁の真実は、どのように苦しくても自殺をしてはならない、どのように苦しくても共に生き続けていかねばならない、とする、共同体の側からの生への鼓舞であったはずである。しかもこの共同体は、人間だけの共同体ではない。人間をその内に含む島共同体なのである。人間が前面に出ると、権力や罪や罰、善や悪、そして例えば制裁というような言葉が生じる。人間が後退し島と共にあると、そこにはただ禁忌があり、生老病死があるだけである。

ヨガとラーガの二人をわが家に引き取ってまもない頃、わが家の三男坊である当時小学校に上ったばかりのラーマが、どこからかひとつの丸い石を拾ってきた。その石は灰色の砂岩のような石で、大きな大福のような、良い形をした石であった。ラーマは円いものを目に止めるのが素早くて、木の実だとか釣具の鉛だとか、円い形の良いものを見つけるとすぐにそれを拾う癖がある。僕はよい習癖だと思っているので、小さい頃から彼が円いものを拾ってくると、いつも褒めてあげるのだった。幼児ではなく、小学一年生になったラーマが大きな丸い石に眼をつけたのは、それだけ彼の成長を物語っていた。皆んなの前で僕はその石を大いに褒め、これはお父さんの宝物にしよう、と言った。

二、三日すると、今度はまだ五歳であったラーガが、ラーマの石よりはひとまわり小さいが、おだんごのように丸い黒い石を拾ってきた。黒耀石ほど黒くはないが、表面がすべすべとなめらかな硬い石であった。ラーマの石ほど均衡がとれていないが、やはり美しいよい石であった。僕はこの石も皆んなの前で大いに褒め、これはおじさんの宝物にしよう、と言った。この二つの丸石は、いつも並んでそれ以来僕の手元に置かれている。ラーマは今年中学一年になりラーガは小学五年になった。

諏訪之瀬御《お》岳《たけ》の溶岩のかけら

1

　今年の五月に七年振りで諏訪之瀬島に行ってきた。諏訪之瀬島へ行く船は、月に五度の割合で夜の九時に鹿児島港を出航する。十島《としま》丸という五百トンほどの船である。

　二等船室はほぼ満員で、それぞれ自分の体を横にするスペースを確保するのが困難なほどであった。十島丸は、鹿児島に近い方から、口之島《くちのしま》、中之島《なかのしま》、平島《たいらじま》、諏訪之瀬島《すわのせじま》、悪石島《あくせきじま》、宝島《たからじま》、小宝島《こだからじま》と十島村の島々を巡って奄美大島の名瀬港に入り、名瀬港から再びそれぞれの島を巡って鹿児島港に入る村営船である。七つのどの島にも空港がないので、事故等で自衛隊のヘリコプターを出動させる以外は、この船が村民の唯一の交通手段である。

　東京に住んでいた頃は、何とか工面をして年に一度は出かけるようにしていた諏訪之瀬島であるが、屋久島に住み始めてからは、屋久島に住むことに満ち足りて、長い間御無沙汰してしまっていた。それでも十島丸に乗ると、半ばはわが船に乗ったような気持で、潮《しお》焼けした十島村の人々の懐かしい質朴な顔を眺めるのだった。船だから潮の匂いがするのは当然であるが、その潮の匂いとはまた別の、十島村の人々が発する特別に濃い潮の匂いとも呼ぶべきものが、あまり明るくなく広くもない船室に満ち満ちていた。ある人々は輪を作って焼酎を飲み、ある人々はただ慢然と雑談を交わし、ある人々はじっと体を横たえてすでに眠りの体勢に入っていたが、共通して流れているものは潮の匂い、それも強い人間的な潮の匂いであった。もちろん一見して島民ではないと判る、電々公社関係の作業員の制服を着た人達がたくさん乗っていたし、釣り人らしい姿もちらほらとは見えた。これから約十五時間の船旅である。焼酎を少しばかり飲んで早く眠ってしまうのが最良だと、同行の友人と体を横にしたまま三合びんをちびりちびり飲んでいると、僕の肩を遠慮がちに叩く人があった。振りかえって見ると、それは僕の隣りに寝ていた人で、電々公社の制服を着た人であった。

「三省さんでしょう」

と、その人はうるんだような眼で僕の名を呼ぶが、僕にはその人が誰だか判らなかった。失礼だとは思ったがしばらくその人の顔を見ていると、

「A……です」

と名乗った。僕はびっくりしてしまった。その人は、僕が十年前にインド・ネパールの旅から帰ってきたばかりの年に、正月を諏訪之瀬島で迎え、その人の家でふんだんに焼酎を御馳走になった人であった。

Aさんは、その時すでに鹿児島に出て働いており、正月で帰島していたのだが、なぜかずい分気が合って、あまり多くは飲めない僕にしてはめずらしくたくさん飲んだ。島の正月という特別の雰囲気の中で、すっかり酔っぱらってもう充分と告げると、Aさんは戸棚から今度はウィスキーのびんを出してきた。サントリーレッドか何かだったが、まだ封の切ってない新品だった。Aさんがそれを大事

そうにかかえてきて、断るすきも与えずに封を切ったので、僕としてはまた飲まないわけにはいかなかった。限度を越して、限度を越して、なおも真実の交歓を求めて飲み合うのが、島の焼酎の飲み方である。もちろん島にも義理飲みや形式的な飲み方があるが、それにはそれとして、最初からそれなりの位置を与えられている。本当の焼酎飲みは、限度を越して限度を越して倒れるまで交歓を続けるのが筋である。お正月という特別の雰囲気の中で、僕ははからずも、島人でありながら島人でないAさんと、そういう飲み方をすることになってしまったのであった。

その時の僕らの交歓の中味は、まさしく島そのものであった。まだ東京に住んでいたけれども、やがて島に来ると決めていた僕にとっては、島とは自分の来るべき場所であり、自分の未来がそこに凝結している場所であった。Aさんにとっては、島とは何よりも愛している場であるにもかかわらず、現実にはそこに住めない場所であった。僕達は、飲んでは島の生活を讃え、飲んでは島の生活を讃えるということを繰りかえして、少しずつ少しずつ、お互いの真実の島へと近づいていった。島で生まれて育ち、今は島では生きられないAさんの島と、東京で生まれ、戦時中の数年間を山口県の半島で過ごした経験はあるものの、島で暮らした経験の少ない僕の島とが、不思議なことにずい分近いのである。次第に判ってきたことは、Aさんが「島」と呼ぶとき、それは人間性そのものを指しているのであり、僕が「島」と呼ぶときも、同じものを想っているということであった。僕達二人は（少なくとも僕は）酒量の限度を何度か越えていきながら、お互いにお互いの人間性を呼んで、ますます深く酔っていったのだった。Aさんが島に住めないということは、人間性を持てないということであり、僕がまだ島に住めないということも、同じく人間性を持てないということであった。深い酔いの中で、やがてAさんはぽろぽろと涙をこぼし、僕もまた同じように涙をこぼしたのだった。しまいにはいい年をして僕達は抱き合って、二人で泣いたのだった。

それから十年経って、諏訪之瀬島行きの船の中で、しかもいくつかある船室の内の同じ船室で、お互いにそれとは知らずに隣り同志で寝ていたのである。僕がびっくりしたのは、そこでAさんに会ったこと自体よりも、むしろ僕達が隣り同志で寝ていたという運命であった。諏訪之瀬に行くのかと尋ねると、Aさんは少し恥かしそうに首を振って、他の島に電話工事に行くのだと答えた。今、十島村の島々は電話工事が盛んで、これまで島に一つか二つしかなかった公衆電話を、これから各戸毎の電話に切り替えている最中であるとのことだった。

2

諏訪之瀬島では、僕と友人夫妻とはナーガの家に宿をしてもらった。山の樹を自分で伐り出して造った小さな八角形の家で、竹林に囲まれた質素な家であったが、清潔に掃除され、風がよく通るすがすがしい居心地であった。ナーガは、十数年前に二年間ほどインド・ネパールの旅をし、僕にインド・ネパールの旅の必然を教えてくれた人であったが、今はジョーと同じくひとりの漁師として暮らしている。僕にとってはジョーと同じく魂の師友であるが、僕が知る現代日本詩人の中の、最上の詩人の一人でもある。僕が東京で出版をやっている友人夫妻と共に久し振りに諏訪之瀬島を訪ねたのは、実はそのナーガの詩集を出す打ち合わせのためだったが、そのことは本章のテーマではない。

諏訪之瀬島は、竹の島である。タブや黒松などの樹木も林を作る程度には自生しているが、御岳《おたけ》の山すその森を除いては、ほぼいちめんの竹林におおわれている。人々は、その竹林を伐り開いて、畑を作ったり屋敷用地にあてたりしている。伐り残された竹林は天然の防風林となり、毎年必ず訪れる台風や冬の強い北西風を防ぐ役に立っている。「部族」の頃以来、もう十数年も住み続けている新島民もまた、皆竹林を伐り払って屋敷用地と畑をこしらえたのであった。以前は、いかにも新開地といった雰囲気があり、その雰囲気がまた「バンヤン瞑想場《アシュラム》」と名づけられた新しい天地にふさわしかった。今はその「バンヤン瞑想場《アシュラム》」の呼び名も自然消滅し、当時から住み続けた六世帯ほどの人々が、それぞれに島共同体の一翼を荷った新島民となっている。なにしろ総人口が六十名そこそこの島である。島に住む限りは勝手なことは言っておれず、旧島民と力を合わせて、島で生きていくほかはない。人口比からしても、旧島民と新島民は相半ばしている。島で生きる技術、すなわち文化という観点からすれば、旧島民の力は絶大であるから、かつての「部族」の人々は一年一年と時間をかけて、その文化を学びつつ島民になっていったのである。

僕らがナンダと呼ぶ男は、島の代表職である区長をすでに何期も務めているし、小・中学校のＰＴ

A会長も何期か務めてきた。ナンダはまた、もう一人の新島民であるゲタオと島の人と三人で組んで、島の家々に二十四時間電気を送る火力発電装置の技師もかねている。ジョーは、村当局によって推進されている牧場整備計画の諏訪之瀬島における責任者であり、港に建設された某セメント会社の生コンタンクの管理責任者でもあった。ジョーはまた、僕が訪ねた当時目前に迫っていた村会議員の選挙に、諏訪之瀬島から久方振りに議員を送り出すべく、その選挙対策会の事務長の役も兼ねていた。ナーガは、左足に大怪我をして十ヶ月も鹿児島の病院に入院し、帰ってきたばかりで役らしい役はなかったが、それでもこれから始まろうとしていた飛魚漁のための、製氷組合の責任者の役が振り当てられていた。

興味深いのは、神役《かみやく》と呼ばれる役の選びかたである。神役というのは、島に唯一つある神社の清掃管理と、毎月一日と十五日に行なわれる祀りごとを行なう役で、毎年くじ引きによって決められた。

その年の神役が選ばれる日には、島じゅうの世帯主が神社に集まる。木のおぼんに二センチ四方くらいの小さな和紙片が十数枚載せられてあり、集まった男達は一本の紙のこよりを手にして、そのおぼんの上をゆっくりとなでるように廻してゆくのである。僕がこの神役選びを見学させてもらったのは十数年前のことで、正確なところは覚えていないが、しばらくこよりを廻していて、おぼんの上の紙片がそのこよりに吸い寄せられてこないと、次の人に順番が変る。ただの紙片がこよりに吸い寄せられて持ち上ることはなかなかないから、順番は次から次へと変っていく。そうしている内に、神が今年はこの人をと選んだ人に、不思議と紙片が吸い寄せられる。

僕が見学させてもらった限りにおいては、その神役選びの場の雰囲気はなごやかにして神妙なものであった。神役というのは一年間を通しての無報酬の奉仕作業であり、誰も積極的には当りたがらない。けれども一方では、紙片が不思議にその人のこよりに吸い寄せられるという形において、神に選び出されるのであるから、有難く受けるべき性質のものでもあった。神に選ばれるのであるから、こよりをいい加減におぼんの上でなで廻すことは出来ない。それがこの儀式の興味深いところで、内心では神役に当りたくなくても、皆んなが息を殺して見つめている眼の前では、こよりを廻す人は、そのこよりに紙片が吸い寄せられるよう、慎重かつ敬虔に廻すことになってくる。

僕が見学させてもらった時には、こうして一時間ばかりも次から次へと順番にこよりを廻していった結果、二年続きで僕らがゲタオと呼んでいる男に神役が当った。ゲタオは二年続きで、毎朝神社の庭の掃除をし、建物の中や祭壇も清掃する役割を振り当てられたのである。ゲタオこと高山一家は、僕がその神役選びを見学させてもらった当時から、すでに「バンヤン瞑想場《アシュラム》」から独立して、島の人がいう「カマドを持った」結果、島の仲間入りをしていたのである。バンヤンから独立して、島でカマドを持ったのはこの高山一家が最初で、その後一世帯二世帯と続き、やがてバンヤンが自然消滅するに至って、残っていた人達もすべてそれぞれのカマドを持つことになったのである。カマドを持つとは、普通は親から独立して一家を構えることを意味するが、それは同時に、一戸の世帯主として島共同体の一翼を荷う責任が生じたことを意味する。「バンヤン瞑想場《アシュラム》」という、諏訪之瀬島の中の特殊な共同体は、長い時間をかけて本来の島共同体へと消滅していったのである。神役に選ばれるということは、諏訪之瀬島の主である御岳《おたけ》の神に選ばれることであり、名実ともに島民になったということでもあった。

神役の他に、上り下り便合わせて月に十回平均入港してくる十島丸の荷役がある。この荷役にはわずかながら報酬が出るが、その労働量からすればやはり奉仕作業に等しい。それが三日に一度の割でやってくる。病気でもない限り、荷役作業には必ず出なくてはならない。現在は、十島丸が直接接岸できる港が出来たが、以前は荷役はもっぱらハシケで行なわれ、その作業中に事故で亡くなった人もあったほどである。

荷役の他に、学校関係の役がある。PTAはもとより、学校給食も当然自分達の手で作らなくてはならない。婦人会がある。その役も廻ってくれば引き受けなくてはならない。六十人そこそこの人口の内、大人が何人いるか正確ではないが、こうして数えあげてくると、全員が何かの役を引き受けるだけでなく、一人二役、一人三役を引き受けることも当然のことになり、島人はいわばその「役」においた、島共同体の一翼を荷うのである。

諏訪之瀬島は、トカラ列島の島々の内でも最も人口の少ない島の一つであるが、人口が少ないだけに、人間が集まって住むという意味における、共同体の原型とも呼びうるものが濃密に息づいている。

諏訪之瀬島に警察官はいないが、警察から依嘱されてその役を勤めている人はいる。郵便局はないが、依嘱されてその役を勤めている人がいる。実はこの二つの役は同じ人がやっているのだが、その人はやはりいうまでもなく警察官でもなく郵便局員でもない。

役、という言葉は、不思議な力を持っている。それは一方において労役や苦役の役を意味するが、一方においては役員や役職や役場の役を意味する。役という言葉は、その二つの意味合いが上下に分化する以前の、人間社会にとって原型的に必要な役割の、正しい響きを持っている。ひとつの共同体があって、それに必要な一翼を荷うことが、役である。それ故に、役は一方で奉仕を意味するが、一方では感謝を意味する。島人は残らずそれぞれの役を持ち、それぞれに島共同体に奉仕しつつ、一方では感謝されている。島共同体や村落共同体が、人間社会の在り方として基本的に魅力があるのは、その共同体の成員が役という一語を鍵として、お互いにお互いへ奉仕し、お互いにお互いを感謝しつつ日常生活を送る関係性が、不文律として眼に見える形で確立されているからである。このようなものを文化と呼ばずして、どこに文化があろう。このようなものを文明と呼ばずして、どこに文明があろう。文化や文明とは、この地上に核兵器を生み出す力のことではなくて、人間がお互いに尊重し合い奉仕し合って平和に生きることの呼び名なのである。

ジョーの家に行った時、ジョーはガリ版刷りの二枚つづりのパンフレットを見せてくれた。そのパンフレットには、次のようなＡＢＣＤ四つの歌詞が印刷されてあった。

A

一、火をふく山が
友だちだ
心のそこにしみる
力の声
ほらみんなの愛が
燃えている
すわのせ島
すわのせ島分校

二、果てしない海が
友だちだ
青い深さが
心をそめる
ほらみんなの愛が

燃えている
すわのせ島
すわのせ島分校

三、竹やぶゆらす風が
友だちだ
心をふくらます
空の息
ほらみんなの愛が
燃えている
すわのせ島
すわのせ島分校

B

一、黒潮流る　七島灘に
噴煙あげる　島影ひとつ

赤い稜線 青空にうかび
深山《みやま》の緑 海にとけいる
灰も風雨も 苛酷だが
自然の営み 受けて立つ
ああわが学び舎 諏訪之瀬島分校

二、春は新緑 つつじが燃えて
ながしの雨は 竹の子林
夏は海の子 せみの声
秋は十五夜 運動会
冬は御岳も 薄化粧
自然のめぐみ めぐりくる
ああわが学び舎 諏訪之瀬島分校

三、自然のいぶき すいこんで
島の情を 培《つちか》って

勇気と忍耐　身に持って
光り輝く　島の子われら
理想のつばさ　はばたいて
めざすは心の都をさして
ああわが学び舎　諏訪之瀬島分校

C

一、黒潮包む　太洋に
連なり浮かぶ　諏訪之瀬よ
深く大きく　暖かい
海の心根《こころね》　育てぼくらに

二、大地蹴《け》破《やぶ》り　湧《わ》き上がる
諏訪之瀬御岳の　火柱は
地球の息吹　ぼくらの血潮
空へ飛び立つ　希望と勇気

三、強い日差しと　潮風に
鍛えたぼくらの　心と身体《からだ》
皆で手をとり　学び合い
築け諏訪之瀬　明るい学校

D

一、あかつきのぼる　地平線
翔《か》けるつばさの　おおらしさ
くだける波に　明日を求め
われらは　海の子
今こそ　はばたかん
見よ　われらがスワノセまなびやに
光り輝く　真理《まこと》あり

二、煙たなびく　御岳のすそに
くれないそめる　つつじの花

のぼる足どり 希望に燃えて
われらは 島の子
今こそ はばたかん
見よ われらがスワノセまなびやに
光り輝く 真理《まこと》あり

三、がじゅまるかげる まなびやに
めぐる季節の 夢がある
はためく風に 平和を願い
われらは トカラの子
今こそ はばたかん
見よ われらがスワノセまなびやに
光り輝く 真理《まこと》あり

ジョーの説明によると、この四つの歌詞は、今春コンクリート造りの堅固な小・中学校併用の新校舎が出来た際に募集された、校歌の応募作であった。諏訪之瀬島の小・中学校は、正式にはお隣りの平島小・中学校の諏訪之瀬分校ということになっており、これまで自分達の校歌を持たなかったのである。ところが、新島民の子供達がどんどん学校に上り出し、今では諏訪之瀬島小・中学校の生徒数は十名になり、本校の平島はおろか、十島村の内で最大の生徒数を持つ学校になったのだそうである。その上新校舎も落成したことなので、この際校歌を作ろうということになって、学校側が募集したところ、この四篇が応募されたのである。それに応募した四人は、いずれも旧バンヤン出身の人達であった。ジョーは僕に、誰がどの歌を書いたのか、あてて見よと笑いながら迫った。その四人とはジョーとナーガとナンダとトシコの四人で、この内トシコはほぼ十年前の台風十七号が起こした山崩れで、主人と生まれたばかりの赤ちゃんを亡くし、諏訪之瀬島に身内の墓を持っている唯一人の新島民であった。

僕は慎重に読んで、幸いそれぞれの作者をあてることが出来たが、ここで記しておかねばならないことはそのことではない。

ジョーの応募作はBで、内容が少し難しすぎるという先生方の評で落選となった。僕がその作がジョーのものだと判ったのは、三番の終りから二行目、

「めざすは心の都をさして」

という一行を読んだ時であった。

日本民族には昔から、住めば都、という深いことわざがある。住んでいる場所が、そのまま都であ

ることは、多くの日本人がよく知っている真実である。けれどもこの真実は、多くの場合ここより他所《よそ》に都があって、本当は都はそちらにあるのだが、今ここに住んでいる以上そういうことを思っても仕方ないので、住めば都、という発見をするのである。住めば都、という表現の内には、本当の都に住めない一分か二分の諦めと、九分か八分の肯定が込められている。ひとつの場所に住むことが、そのまま全的に肯定される場合には、それは故郷と呼ぶのであって、住めば都、とは言わない。

ジョーが「めざすは心の都をさして」という、やや複雑な表現において歌おうとしたものは、むろん、住めば都の都ではない。それは、歌われているとおりに真っ直ぐに「心の都」なのである。心の都は、まさしくそのトカラ列島の諏訪之瀬島において、力強く真っ直ぐにめざされているのである。それは、僕が自分の言葉で故郷性という表現で呼び、さらには原郷という言葉で呼びたいと常々探究しているものと、同一の内容を持っているものである。この点は、正式に分校校歌として採用された、Dのリフレイン「見よ　われらがスワノセまなびやに　光り輝く　真理《まこと》あり」という二行にも共通して言えることとである。

七年振りで訪れた今回の諏訪之瀬行きで、僕にとって一番感銘深かったのは、二枚つづりのわら半紙にガリ版刷りで印刷された、四篇の応募作に出会えたことであった。なぜかと言えば、かつて「バンヤン瞑想場《アシュラム》」の名で呼んだいわば特殊な集まりが、そこに求められた真実をいささかも失わないままに、その特殊であるという装飾性をきれいにぬぐい去って、校歌が募集されればそれに応募もするという、平凡な愚の世界に踏みこんでいるのを見ることができたからであった。

3

諏訪之瀬島滞在三日目に、東京から来た友人夫妻と僕と、道案内のケンジと四人で御岳《おたけ》に登った。諏訪之瀬島は、海上から眺めても御岳の島であるが、島の中に入ればよりいっそう御岳の島である。わずかな人間の集落は、御岳の裾野の台地の竹林の一角を点々と占めているに過ぎず、その中央に赤茶色の御岳がどっしりと座りこんでいる。

御岳という呼び名は、日本列島に特有の山岳信仰の呼び名で、ある山は御嶽《おんたけ》と呼ばれ、ある山は御《み》岳《たけ》と呼ばれる。南西諸島にあっては、島で一番高い山は大体御岳《おたけ》と呼ばれているようで、屋久島の千メートルを越す山々も八重山御岳《おたけ》と呼ばれている。南西諸島には、御岳の他に神山《かみやま》と呼ばれる特殊な森があるが、これは山岳信仰というよりは森林信仰の呼び名である。諏訪之瀬島にも神山と呼ばれているジャングルのような森があるが、そこは小高くはなっているが山ではなく、平地といった方がよい。

同行した友人は、山梨県の富士吉田市で御師《おし》宿というものを営んでいる家の子息であった。御師宿というのは、富士講の登山者を宿泊させる宿であるが、それと同時に富士山にお参りする人々を精神的に導く神職も兼ねており、それゆえに、江戸時代以来御師宿と呼ばれて尊重されてきたのである。

富士講は、近来すっかり少なくなってしまったが、それでもまだあちこちに少なからず残っており、友人の父親は現在もその伝統的な御師を勤めておられる。そういう家に育った友人だから、背中に六根清浄とプリントした自家製のTシャツまで用意してきていた。僕にとっては、十数年ぶりの二度目の御岳参りであったが、登り道がどこをどう通っているのかすっかり忘れてしまったので、海の仕事で忙しいケンジに道案内をお願いしたのだった。

諏訪之瀬の御岳は、鹿児島の桜島御岳に比べれば噴火の割合ははるかに少ないが、それでも、いつ噴き上げるか判らない山である。僕達は作業用のヘルメットをかぶって登ったが、サチコさんと呼ぶ友人の奥さんだけは、今日は絶対に噴火しないと言って、ナーガから借りた麦わら帽子をかぶって行った。

ジョーや島の女の人達が働いている広々とした牧場の台地を横切って、山の照葉樹林帯を登って行くと、やがて森は尽きて赤茶けた溶岩ばかりの地帯に出た。そこから上は植物はほとんど生えていなかったが、丈の低い丸葉ツツジだけがあちこちに群生していて、早いものはもう花を咲かせていた。溶岩の間からちょこんと咲き出したツツジの花が、とても可憐で美しかった。

よい天気の日で、一休みするたびに腰を下ろして眺めると、眼の前はすっかり海で、平島や悪石島が見えた。眼を下方に向けると、人家は竹林に隠れてほとんど見えなかったが、所々にそれらしき屋根がぽつんと見えた。それが御岳の中腹から見える、諏訪之瀬の全集落の風景だった。小・中学校の白い建物ははっきりと見えた。

ゆっくりと三時間ばかり登って、頂上に着いた。頂上に近づくにつれて、風が次第に強くなり、火山灰や砂をもろに吹きつけてきた。天気も次第に悪くなった。それまで見渡せた海が見えなくなり、青空もところどころしか見えなくなった。山はいつのまにか荒々しく暗い感じになっていた。

火口はそれほど深くなく、かすかに噴煙を吐き出していた。激しい風が火口を走っていて、硫黄の白黄色の山肌を見え隠れさせていた。火口そのものは、噴煙と砂塵に邪魔されてなかなか見ることができなかったが、しばらく見ているると、たまに風が止まり、ぽかっと開いている大きな口が見えた。そこが熱い地の底へ通じているこの世の出口であった。しかし、よく見ようとする暇もなく、風はふたたび砂塵を巻き上げ、火口の神秘を閉ざしてしまった。なおも見ていると、砂塵と噴煙の切れ目から、ときどきちらりと火口がのぞいた。見る、という僕の行為を、火口は決っして完全には受け入れてくれず、それ故に僕もまた敢えてそれを見きることができないのだった。

「思い切って噴火すればいいのに。この山は噴火したがっているのよ」

麦わら帽子をしっかり両手で押えながら、風の中でサチコさんの声がした。

「噴いてくれては困りますよ」

僕は答えた。

「噴きたがっているんだがなあ」

サチコさんは妖精のような声で、なおも言うのだった。

そこは御岳の頂上であったが、そこよりもっと高い所があった。それは昔、僕らがスワノセシヴァリンガムと呼んでいた塔のような岩で、その岩の頂上が、御岳の真の頂上であった。バンヤン瞑想場《アシュラム》の頃には、十島丸が諏訪之瀬島に近づき、山頂のその塔のような岩が見えてくると、僕はジャイ・シヴァ！ と祈ったものだった。吹きつける砂まじりの強い風の中で、そのスワノセシヴァリンガムが黒々と力強くそこに在った。その黒い姿は、風が濃くなると灰色におぼろになり、風が去るとまた黒い姿を現わした。

火口と同じく、その岩の塔もやはり僕として見きることができなかった。十数年前に初めてこの火口の淵に立った時には、そこには大きく呼吸するシヴァ神の深い鼓動があると感じられた。今回の御岳参りで、そのような大きな呼吸、深い鼓動が感じられないわけではなかった。火口は同じく神秘的な穴を開いており、塔のような岩は黒々と孤独の光を放っていた。けれどもそれはシヴァ神の名によって呼ばれる山ではなくて、もとの諏訪之瀬御岳と呼ばれる山に還っていた。ヒンドゥ教徒が、ひとつの山をシヴァ神の住む山と感受し、そこにシヴァを祀ることと、日本民族がひとつの山に御という尊称をつけて、その山を御神体とする感受とは、その根は同じものである。それをシヴァの山と呼ぶことは、必ずしも無意味なことではないが、御岳と呼べば、そう呼びきることができれば、それで充分なことである。

僕はその日、火口も岩の塔も充分に見きることは出来なかった気がしたが、それはそれでよかった。是非とも見きる必要などは、もとよりどこにもないのである。御岳がシヴァの山ではなくて、もとの御岳に還っていたことを感じることができただけで、お参りの意味は充分にあった。

強い砂まじりの風を避けながら御岳を下りはじめた時、思い出して眼にとまった溶岩のかけらをひとつ拾った。それは赤褐色の、手の平で包めるほどの大きさのかけらであった。

今その溶岩をふたたび手の平に乗せて眺めると、かけらと思って拾ったその石が、思いもかけずひとつの完全体であったことが了解された。その溶岩片を拾った時には、それはそこらに無数に散らばっているものの内の一つであったが、場を移して屋久島の僕の部屋で、僕が手の上に乗せて眺めた時には、すっかり姿を変えて、一個の独立した完全体としての光を放っていたのである。

このことは、御岳から成る諏訪之瀬島という島が、二十世紀文明という観点からするならば、取るに足りないひとかけらの島であるかも知れないが、人間がその場に生きるという真実からするならば、ひとつの完全体であることに、深く呼応しているように思われるのである。

つつじのそばの石

漁業を中心とした一湊《いっそう》の集落は、昔は一湊村と呼ばれた一つの村であった。一湊村の西隣りには、やはり海に面した吉田村があった。東隣りは志戸子《しとご》村であった。これらのほかに永田村、宮之浦村、楠川村、小瀬田村があり、それぞれ皆海に面し、山を負って独立した村を作っていた。これらの村々はわずかながら話し言葉もちがい、習俗も異なってそれぞれ自分の村の学校やお寺を持っていた。明治二十二年にこれら七つの村は合併させられて、上屋久村と呼ばれるようになった。現在の町制が施行されたのは昭和三十三年のことで、一湊村という、そこに住む者にとって限りなく懐かしい呼び名は、すでに時間の彼方に埋没しつつある。現在の一湊の呼び名は、上屋久町大字《おおあざ》一湊で、そこに含まれる白川山《しらこ》は、字白川山ということになる。

呼び名など、あるいはどうでもよいことかも知れないが、自分の住んでいる場所が一湊村白川山と呼ばれるのと、上屋久町大字一湊字白川山と呼ばれるのでは、ずいぶん気持にちがいがある。もちろん気持だけではない。明治、大正、昭和の三代に渡る行政区及び地名の呼び名の改称は、屋久島のような離島にあってもそれだけ国家による中央集権化が進み、従って各々の小集落の自治性が薄れていったことを意味している。

僕は現在、上屋久町の住民であるが、できることであれば一湊村の住民の方でありたいと思う。一つの地域が本当の意味で生き生きとした活力を持つためには、地域の規模は小さければ小さいほどいい。町村廃合による行政区分の合理化ないし拡大化は、それによるメリットよりも失うものの方がはるかに多いと、僕は思っている。
長野県の入笠山の麓にあった「雷赤鴉族《かみなりあかがらす》」が自然消滅になり、東京の国分寺市にあった「エメラルド色のそよ風族」が自然消滅し、宮崎県の南海岸にあった「夢みるやどかり族」及び「祈るかまきり族」の二つの集まりも消滅していった。諏訪之瀬島の「バンヤン瞑想場《アシュラム》」も同じく消滅していった。一九六〇年代の末から七〇年代の初めにかけて、折りからの全共闘の運動と並行して、多くの若者達の胸に光として宿ったはずの「部族」が、わずか十四、五年の間に跡形もなく消滅していったのはなぜであろうか。

それはこれまで折に触れて記してきたように、僕達が組織性において貧しかったことが第一に挙げられるし、経済の問題や社会性においても貧しかったこと、その他の様々な欠陥も挙げられるけれども、僕が思うにその最大の欠陥は、家族という、人間にとって最も大切な根源的な問題があることに、僕らがほとんど気づいていなかった点であった。当時、「部族」のリーダー格であると目されていた人達はほとんどが独身であり、そこに集まって来た人達もほとんど一人身の若者達であった。親の家としての家族は、棄てられるべき対象としてこそあったが、求められるべきものではもとよりなく、大切に考えられるべきものでも有り得なかった。

「部族」の集まりの中で、多くのカップルが生まれ、また生まれつつあったが、そうした中で子供が生まれたらどうするのか、と問われると、僕達は簡単に「部族」の子供として育てる、と思っていた。僕にはすでに二人の子供があり、もちろん婚姻届けを出した妻があり、家族という問題がそうたやすく共同性の中で解決できるとは思わなかったが、私有財産に基づく古い家族の概念というものを、人間のエゴイズムないし所有の一つの形と見なすエンゲルスの考え方を観念的に肯定していたので、また僕は僕なりにまだ若く、愛情に基づいたフリーセックスという、甘やかな地平に強い魅力も感じていたので、多くの若者達と共に、家族は求められるべきものではなく、止揚されて共同体に解消されるべきものであると考えていたのである。家族が共同体に解消し、共同体がそれに代わって一大家族となるという考え方は、現にヤマギシ会やイスラエルのキブツなどにおいて実践されているものであり、思想として正しくないか正しいかを云々することはできないが、僕達の「部族」が、カップルに次々と子供が生まれ始めた時点から、急速に解体し始めたのは事実であった。カップルがまだカップルだけである時点においては、ひとつの釜ひとつの財布、の共同体内に在ることにさして不都合はなかったが、子供が生まれたその時点から、主として女性の内に、子供を共有するということの不自然さ、あるいは不可能さといったものが、認識され始めたのだった。

　ここは、「部族」という、それに関わった者にとってこそ大切であるが、関わらなかった者にとっては何の魅力もない集まりの、消滅の過程を詳しく記すための場ではない。一九六〇年代の終りから七〇年代の初めにかけて、雨後の竹の子のように生まれ、更に生まれ増えるかに見えた「部族」という自由共同体が、「家族」あるいは「子供」という現実に直面して、潮が引くように消滅していったことを記しておけば充分である。

白川山は、一湊から約四キロ、一湊川沿いに山に入った位置にある。以前は三十世帯ほどの人々が住んでいた集落であったのだが、今からちょうど二十年前、一九六四年の台風による鉄砲水が出て、いくつかの家が流失したのを直接のきっかけとして、廃村になったのである。一九六四年といえば、東京オリンピックのあった年で、日本民族は敗戦の衝撃から完全に立ち直り、高度経済成長、所得倍増の夢の渦中にあり、都市的消費文明が、不動の価値観として人々の胸に確立された頃でもあった。

その年にこの谷間の集落を鉄砲水が襲い、人々が不便な山間の僻地であるこの地を棄てて、麓の一湊をはじめ、島外の各地へ離散していったのは、ある意味で自然なことであったが、運命の不思議な照合のようにも感じられる。

この地に、東京から来た家族連れの一家が住み始めたことによって、再び人が住み始めたのが、一九七五年の夏のことで、この間ほぼ十年、この地は無人の廃村だったことになる。一湊からの道は、七七年に僕ら一家が移ってきた時には、川底のように石ころだらけの道で、一度大雨が降ると車による通行が危ぶまれるような道であった。

一湊からの道は、今僕が住んでいる家の前で二手に岐《わか》れる。一つの道は、そのまま真っ直ぐ僕の家の前を通って百メートルほどで終り、そこから先は細い山道になる。山道としてしばらく続くが、やがて山そのものへと消えていく。もう一つの道は、左手に曲って天幸橋と記された橋を渡り、車が通れる道幅を保ったままどんどん山を登っていく。一湊林道と呼ばれている林道で、ここから約二十キロ無人の山腹を通って隣りの隣りの集落である永田へと通じている。しかしこの道は営林署の管轄下にあり、白川山から少し登った所で鎖が張られ、鍵がかけられていて一般の通行はできない。

現在白川山には十世帯の人々が住んでいて、一世帯をのぞいて他はすべて島外から移り住んできた人々である。道は二年前に舗装されて、今では大雨が降ってもびくともしない。

一湊からの道が二つに岐《わか》れる角に、何の変哲もないが腰を下ろして一休みするには都合のよい、長さ一メートルほどの花崗岩が埋まっている。この岩は、道の角にあって腰を下ろすに都合のよい岩だったから、白川山に住んでいる人々も、白川山へ時に上ってくる一湊の人々も、その岩に腰を下ろして一服したり、通りがかりの立話をしたりする場所によく使われた。

中でも源おじは、以前に白川山の住人だった人であり、現在でもこの地の山林や畑地を持っている人だったから、ちょくちょく白川山に上ってきては、その岩の上に腰を下ろして休んでいた。白川山に山林や畑地や屋敷跡があると言っても、その地は雑木や雑草がぼうぼうと繁り、腰を下ろして休むような場所はなかったからである。

源おじにとってこの地は、青年時代に新世帯を持って初めて独立して住んだ土地であり、時の流れと共に一度は棄てたが、こうして再び僕らが住み始めて人の気配があれば、懐かしくて、訪ねてこずには居れない場所であった。源おじの仕事は大工だったが、白川山に住んでいる時分には、炭も焼いたしカライモも作った。牛も飼ったし、漁にも出た。人生の盛りの大半が、この地で過ごされたのである。

僕らがこの地に移ってから三、四年経った頃、源おじは腎臓を悪くしてしばらく鹿児島の病院に入院していた。やがて退院してくると、まだ六十才そこそこの年の割にはすっかり老け込んだ様子だったが、以前よりさらに足繁く白川山に上ってくるようになった。上ってきて、他の場所に腰を下ろすことも多かったが、僕の家の前の道角の花崗岩に腰を下ろすこともしばしばだった。源おじは山羊の乳が好きな人だったから、妻は源おじの姿がそこに見えれば、山羊の乳をコップ一杯ついで持って行くのが常だった。

ある時その源おじが、その岩に腰を下ろして意外なことを言い出したのである。

「なあ、サンセイさん、この土地に花をいっぱい植えようや。ここを花園《はなぞの》にしてな、一湊の衆《し》が花見にくるような場所にしょうや」

と言い出したのである。

このことを言い出してからの源おじは、それまでのはっきりした目的のないような来訪ではなくて、屋敷跡のぼうぼうに繁った雑草や雑木を刈りはじめ、崩れ落ちて腐っている屋敷材を、一本一本解体しては片づけ始めた。僕としては、白川山を一湊の人々の花見のための花園にしようという気持はなかったが、この土地にたくさんの花が咲き、その花を見に一湊の人々ばかりでなく、たくさんの人々が来るということはもとより賛成だったので、源おじがその仕事にとりかかったのを、源おじのためにも僕達のためにも喜んだ。一度は源おじと共に山に入り、エビネランや千両万両の花木を集めてきて、源おじの屋敷跡に植え込む手伝いをしたこともあった。

それだけではなく、僕も僕なりに花を植えようと思って、山からよい花の咲くつつじの木を一本掘りおこして来て、誰からもよく見えるその道角の岩のすぐそばに植えこんだのだった。源おじは、残念ながらその後一年かそこらで亡くなってしまい、花園作りの仕事もそのまま終ってしまったが、僕が植えたつつじはよくついて、毎年春になると赤い美しい花をたくさんつけるようになった。

何度も記したように、僕がこの土地に移ってきた時には、僕の中から自由共同体としての「部族」という考えはなくなっていた。幸い提供された十三町歩の山林（畑地はない）を有効に使って、何組かの家族が山と共に、山に溶けて平和に暮らしていくならばそれでもよい、と考えていた。独身者の、性の欲望を其底にした自由への欲求にはこりごりするものもあったので、家族持以外の人は、この地には住んでもらいたくないという気持さえ持っていた。もちろん、僕らの家族及び僕らより一足先にこの地に入植していた二家族だけで、この美しい土地を独占しようという気持はなかった。都会には、僕が知っているだけでも、このような土地に住みたいと願っている人はたくさんいたから、やがてこの地に人が集まってくるであろうことは眼に見えていた。僕らに提供された土地は、以前の白川山開拓協同組合の共有林であり、ということは、面積的には十三町歩と広いものの、あちこちに分散している上にいずれも急傾斜地か、道も定かではない山奥の山林であった。平地がほとんどなかったから、農業をやるには適していないが、それにしてもそれだけの広さの山があれば、何とか食べていくぐらいのことはできるだろうと思っていた。農業、林業、そして漁業にたずさわる者、それも生活のためにやむなくそれらにたずさわるのではなくて、そういう仕事が真から好きで積極的に取組める人達が、この地に住むことが望まれた。農林漁業に限らず、そこに基盤を持った工芸的な仕事や職人的な仕事などもあっていいだろう。そういう人達が集まってきて、本来族長によって統制される集団である「部族」的共同体ではなくて、ひとつの「里」が作られることを僕は望んでいた。

ここの土地を僕達に提供してくれたのは、屋久島の原生林が、林野庁営林局の手によって乱伐されることに抗議して立った「屋久島を守る会」の人達で、この会には、いわゆる左翼反対派グループではない、何人もの素晴らしいエコロジストがいた。島では、エコロジストというような新奇な横文字は使わず、単に島を愛するといい、それで足りなければ、島を深く愛するというが、その「屋久島を守る会」の人達が、島作りの夢の一環として手に入れておいたこの土地を、島作りの夢の一環として僕達に提供して下さったのである。僕達がこの地で何をしようとかまわないが、ここの土地の因と縁とは、僕達がこの地をとおして深く島を愛さなくてはならない、という唯一のべしを要請している。

農林漁業は、産業としてもちろん第一次的に大切であり、それゆえに第一次産業と呼ばれるのだが、その産業が営まれる島およびその風土が、より深いかかわりとして愛されていない限り「里」はできない。本来の「部族」的共同体が、アメリカインディアンにおいて典型的に見られるように、その経済的地盤を主として狩猟採集経済においているのに対して、従って非定着的であるのに対して、「里」はその経済基盤を主として農耕に持ち、従って定着的である。アメリカインディアンや他の部族的生活を営む人々から、自然を尊敬し自然と渾然一体となって生きる智慧と技術をはじめ、僕らが学ぶことは限りなく多くあるが、それにもかかわらず僕がこの土地で努力しようと思うのは「里」作りの方向である。横文字で言うならば「コミューンからコミュニティへ」ということであるが、僕も島の人に習って、ここでは横文字は使わない。「里」という美しい日本語を記すだけで充分である。

僕達はいずれも島外からやってきた者達なので、生活の基盤が浅く、この地で生きる智慧と技術に乏しい。多くのことを、何百年何千年と続いている(屋久島からは縄文式土器が出土する)島の文化から学ぶ必要がある。これは時間という縦の軸から、奥から学ぶことであるが、一方ではこの時代に特有の空間という横軸も広がっている。この地上に、全生類を絶滅させるに充分なだけの核兵器が存在するという情報は、この時代に特有の空間的広がりの内にすでに僕達が住んでいることを示している。空間的な情報は、核兵器の存在や各地の戦争やアフリカの飢餓というような脅威としての情報ばかりでなく、西ドイツに緑の党というエコロジカルな政党が生まれたことか、フランスに同じ「部族」と名乗る小集団が生まれて華々しく活動していることとか、インドの師《グル》であるシュリ・ラジニーシがアメリカのオレゴン州に移って、大きな宗教的コミューンを建設中であるとかの、歓迎できる情報をも与えてくれる。

僕達の「里」は、一方では島共同体の文化から多くの智慧と技術を学び、一方では日本及び世界各地からの情報に対応しつつ、ほかならぬ屋久島のひとつの「里」として、作られてゆくだろう。この「里」において求められることは、この里を深く愛し、日常生活においてその愛をさらに深めてゆくこと、それだけであろう。里にはむろん人間の姿がある。けれども里においては人間は点在しているに過ぎず、その点在の仕方は、否応なしに山や谷川や樹木や海に規制されている。この規制を不自由と感じ圧迫と感じて、科学技術によって自由を獲得し解放されようとしたのが、今世紀の主流をなす文明であった。僕はこの規制を、様々な困難はあるとしても根源的には自然の愛、あるいは慈悲であると受けとっている。里にあっては、自然は人間よりはるかに大きく、深い。人間が、人間よりもはるかに大きく深いものに向かい合った時に生まれるものの精髄を、宗教的感情と呼ぶ。その意味では里は、真実の宗教的感情がかもされ、活《い》きる場でもある。しかしそれを敢えて宗教的感情と呼ぶ必要はなく、まして法《ダルマ》と呼ぶ必要もない。里においては、愚という言葉が、静かな真実の光を放っている。愚とは、おのれが愚かなものであることを了解する光りである。

僕は今、二つの言葉に出会っている。いずれも昭和五十九年度の浄土真宗のカレンダーに書かれてある言葉である。このカレンダーは、一湊にある願船寺というお寺から載いたもので、今年度は妙好人の言葉が各月ごとに記されている。

そのひとつには

「他力とは　身に来たことを　他力という」

と記されている。この言葉が初めて、それこそ僕の身に来た時、僕は声こそ放たなかったが、あっと息を呑む思いがした。この言葉と共に、僕の中で何かが終り、何かが新しく始まったのだった。

もうひとつは、

「偽《にせ》になったらもうえだ　なかなか偽《にせ》になれんでのう」

と記されてあるものである。この言葉は、最初の言葉のような衝撃を与えるものではないが、他力信仰というものの深い真実を、土の呼吸のように地味にじわじわと味わわせてくれる。

この二つの言葉が身に来て、僕は今「愚」ということをまじめに考えはじめている。

白川山には、現在十世帯の人々が住んでいて、その内五世帯の人々が主として漁で暮らしを立てている。漁に出ない僕には、漁のことは何もわからないが、先頃、漁に出ている一人の男が、次のようなことを話してくれた。

ある時、三代続いた漁師の息子と三代続いた商人の息子が会って話をしていた。漁師の息子は、自分は爺さんも親父さんも海で亡くした、と言った。すると商人の息子が、お爺さんが死に親父さんが死んだ海に毎日出ていて、恐ろしくはないかと尋ねた。それには答えず、漁師の息子は、商人の息子に尋ねた。あなたのお爺さんや親父さんはどこで死んだか、と。すると商人の息子は、家の中で布団の上で死んだと答えた。漁師の息子はさらに尋ねた。それでは毎日布団の上で寝ていて、恐ろしくはないか、と。

僕は漁に出ないので、漁のことは何もわからないけれども、こういう話を聞かされると、それぞれのなりわいにおいて里に生きるということが、どれほど深い宗教的感情を含んでいるかということに気づいて、讃嘆する。

僕達は白川山に、公民館と呼ぶ一軒の古い家を持っている。この家は、六年ほど前に建てられたもので、一湊で建て替えのために不用になった家を、当時白川山に住んでいた人達の手で解体し、白川山に運んで建て直したものである。見ようによっては、哀れなあばら家であるが、見ようによってはしっかりした木造建築であり、白川山住民の自由な集会場として利用されている。月に一度か二ヵ月に一度は、全員が料理や焼酎を持ち寄って、気ままな宴会も行なわれる。何か相談しなくてはならないようなことが持ち上れば、誰かが召集をかけて人を集める。この家の管理責任を持つ公民館長も、一年毎に交代で決められる。この家はその他に、島外からやってくる旅人の宿泊用にも使われる。旅人が来れば、その人達に食事を食べさせ、暖かい布団も用意したいのは山々だが、僕達はまだ自分の家族が食べていくことに精一杯で、一人一人の旅人にそのようなもてなしをすることはできない。そこで旅人は、公民館に自分の寝袋で眠ってもらい、食事は材料も含めて自分で用意してもらうことになっている。公民館維持費として一人一泊百円程度のカンパも要請している。

先年の公民館のおける寄合いで、一湊からの道が二手に岐《わか》れる角に、掲示板を作ろうという話が持ち上った。その年の公民館長で、ちょうど家を新築したばかりで大工仕事に熱を持っていたチョクが、その掲示板を作ることになった。間伐材の杉丸太をわくにした立派な掲示板ができ上り、ある日僕らは集まって、それを立てた。台風等で倒れないためには、深く穴を掘って脚を地中に埋め、なおかつ背後から突っかい棒をかけてやる必要があった。立て終って見ると、僕が植えたつつじの方は道から見える位置に残ったが、源おじがよく腰を下ろしていた岩の方は、掲示板の真裏になって隠れてしまった。

白川山には現在、公共の施設としては、公民館とこの掲示板の二つしかない。農業用公衆の名目で引いてもらった公衆電話が一基あるが、それを入れるなら三つということになる。

すべてのことは自然の時の為すことであり、僕達はその中で精一杯に生きていくほかはないが、その中で僕は、この土地が花園と呼ばれるほどに美しい地にはならなくても、せめて「白川の里」と呼ばれるほどの美しい花と人間の咲く地にはしていきたいと願っている。

順子が拾ってきた石

1

今年もお盆がやってきた。
島のお盆はもちろん八月十五日で、この日が近づいてくると、宮之浦港に入る鹿児島からのフェリーは連日超満員になる。普段は人影もまばらな一湊の人々も次第に活気づき、僕のような新島民には見知らぬ顔が日一日と増えてくる。島人の素振りはなんとなくそわそわとして、普段は愛想よくお互いに挨拶を交わす間柄の人も、お盆の三が日ばかりは、こちらが挨拶をしても木で鼻をくったような返事しか返さない人が多くなる。島人の心は、年に一度の盆帰りの肉親を迎える喜びに気もそぞろで、白川山の住民にまで気を配るどころではなくなるのである。

お盆の中心はもちろん墓地である。五年前かに一湊の墓地は、土葬時代の名残りをとどめたままの乱立した墓地から、現在の整然とした公園墓地に改められた。その時には、墓地にブルドーザーが入り、掘り起こされるたびに、親父の頭骸が出た、爺さんの足骨が出たと大騒ぎの日々が続いたが、すべての整備が終り、住民に畳一畳分ほどの墓地が再分配されると、やがて出現したのは、公園墓地の名にふさわしく陰気なところが少しもない、火の玉など逆立ちしても出そうにない墓地であった。僕としては以前の墓地の方がはるかに好きだったが、当時、友人の兵頭千恵子さんが新聞に書かれた名文によれば「島は過疎、墓地は過密」で、これ以上納骨をする場所もない墓地事情からすれば、致し方ないことであった。島外に出て暮らし、そこで生涯を終っても、骨だけは島に帰ってくるのである。

十三日、十四日、十五日、そして十六日にかけては、墓地は線香の煙と人の波でいっぱいになる。普段から先祖祀りの習慣が篤い一湊の人々であるが、お盆ともなれば、墓は花や供物でいっそう飾り立てられ、その年新盆を迎えた家の墓所にはいくつもの盆提灯が立てられる。夜に入れば提灯には火が灯される。そしてこの三が日、正確にいえば四が日の間は、墓地は一種の社交場に変る。久し振りに出会う島の人達と帰省者達の間で、あるいは帰省者と帰省者同志の間で、挨拶やら立話がとめどなく交わされる。その場所が祖先の霊が眠る墓地であるだけに、久し振りの出会いは、それがどんなに華やかなものであっても謹しみがあり、なごやかでしっとりとした空気が流れている。都市の公園墓地と異なるのは、そこに祀られている霊同志もそこにお参りに来たまだ生きている人々も、すべて地縁血縁で深く結ばれている人々であり、霊同志であり、見知らぬ人がそこには誰一人としていないことである。

島の日常生活において、疎外されていると感じたり淋しいと感じることはほとんどないが、このお盆の何日間だけは、白川山の住人である僕は大変に淋しい思いをし、この地に墓を持たない身であることをつくづくと思い知らされる。毎年八月十四日と十五日には、一湊小学校の校庭にやぐらが組まれて、盆踊りも行なわれるけれども、この行事ばかりはどうしても参加する気持になれない。

若者が次々と島を出て行き、若者のみならず壮年の妻帯者でさえ島を出て行く原因は、島に仕事がないためと、地縁血縁のべたべたした人間関係のわずらわしさのためであると言われているが、お盆の間だけについて見れば、その人間関係は逆に最良の面となって現われ、この地に祖先を持たない者は、それゆえに完全によそ者たらざるを得ない。先祖代々住み継いできた、家族という時間軸の象徴である墓石の前でこそ、今生きている家族は心おきなく死の準備をすることができる。盂蘭盆会《うらぼんえ》という祀りは、死者の霊をこの世に呼び戻す祀りであると同時に、生者の霊を死者の世界に送りこむ祀りでもある。

しかしながら今年のお盆は、僕にとって例年とは異なる二つの事情があった。その一つはこの七月に父を亡くし、まだ四十九日も明けない忌中にあることで、父の骨は東京の母の枕元にあるものの、僕にとっては初めての新盆が訪れたことであった。最初の内はこちらで新盆を祀ると、父の霊がこちらにやって来てしまい、母が淋しがるのではないかとためらわれたが、考えて見れば東京のお盆は七月十五日で、すでに終っている。生前ついに一度も屋久島に来たことがなく、屋久島については幾つかの俳句を残しているだけの父であるから、この際思い切って呼んでしまおうと、十四日になって急に思い立って、短冊に父の戒名を書き、あり合わせの盆提灯一つにローソクの火を灯し、写真を額縁に入れて飾ったのだった。

祖霊は、十三日の迎え火とともに訪れるものであるから、はたして十四日に急ごしらえした祭壇に、父の霊がやって来てくれたかどうかは判らない。霊とはいっても、まだ四十九日も明けぬ生身の霊であるから、生きている時と同じように、お前が往復の旅費くらい持てる身にならなければ屋久島には行かないよ、とうそぶくか、わしはやっぱりお母さんの側がよいよと冗談を言って、母の枕元の骨壺の中で、この世というテレビジョンを見ているかも知れない。

ともあれ盆提灯に明りを入れ、線香を焚いてみると、わが家にも哀しい新盆がやって来た。すでに父が亡いということが、改めて深く思われたのだった。それは言葉では表わしにくい根源的な淋しさで、世界のすべての価値というものが、正当に無価値になり、これからはもう僕が何をしようと、それはすべて無駄なことであると感じられるような、淋しさであった。これまですでに二十年間以上、父母とは別々に住んでおり、特に最近の七年間は東京と屋久島の距離において住んでおり、日常的に父を思うことがあまりなかった故に、父の死がそれほど深いものであるとは思っていなかった。父が亡くなって、初めて父というものが身辺に感じられる、親不幸者で僕はあったのだった。

もう一つの事情というのは、今年の春、大学の二部に合格し、昼間は弁当屋でアルバイトをしながら、何もかも自前でやっている長男の太郎が、弁当屋から盆休みをもらって、買ったばかりの二百五十ccの単車に乗って、やはり東京から戻ってきたことであった。親に甲斐性のある家の子弟であれば、夏休みこそは天下の大学生で、北や南へ旅行をしたり、郷里に帰って旧友とゆっくり遊んだりもできるのであろうが、限られた九日間の休みをフルに活用すべく、太郎は三十何時間ろくに眠りもしないで、千六百キロの距離をぶっ飛ばして帰ってきたのだった。

八月十一日の夕方に、家の前でヴォンヴォンという激しい単車の排気音が響き、太郎が帰りついた時、妻の順子をはじめ家じゅうの子供達が、ワッと歓声をあげて家の外へ飛び出して行った。僕もそうしたかったが、なぜか涙がこぼれそうになったので、家の中にとどまってそれをこらえた。一年半ぶりの帰省であった。昨年一年間は、新聞配達の仕事と予備校にしばられて帰って来れなかったのである。

太郎が居間に入ってくるや、

「よく生きて着いたな」

と僕は冗談を言ったが、その日ラジオのニュースを聞いていて、盆帰省の途中で七人の人が車の事故で死んだことを知っていたので、半分は本音でもあった。

太郎は、弟達にそれぞれTシャツのみやげを投げてやり、僕にはパチンコで取ったというハイライトを一カートン投げて寄こし、順子にはお菓子の箱を二つ渡した。何もみやげのなかった三才の道人《みちと》には、抱きかかえて、あした海に連れて行ってアイスクリームを買ってやるからな、と囁いた。海はフェリーで渡ってきたものの、まだ国道を突っ走っている勢いから脱け切れないと見えて、普段口数の少ない太郎としては、熱に浮かされたように、国道上やハイウェイ上の出来事を、次から次へと矢継ぎ早に僕に話して聞かせるのだった。それはまだ僕が自分を「部族」と呼んでいた頃、いっぱしのヒッチハイカーであり、北海道を除いた日本じゅうの幹線道路をほとんど走ったことがあるのを、彼が知っているからであった。

そういうわけで、一方では父の新盆を迎え、一方では息子という帰省客を迎え、墓こそ持たないものの今年のお盆は、僕も一湊の人達と同じように、まさしくお盆を迎えることになったのだった。十四日の夜には、正式のものではない仮りの父の遺影の前で、久し振りで太郎も交えた一家水入らずの食事をとった。太郎が居なければ、高校一年の次郎がずいぶん頼もしくなり、子供達の兄貴分をそれなりに務めているが、太郎が帰ってきて見ればやはりまだ高校一年で、弁当屋で仕事をしているせいかこちらにいる時分より一廻り太った、彼の貫録にはとてもかなわない。彼は、僕が間に合わなかった父の死に目にも立ち会い、父がどのようにして死んでいったかを見ており、お通夜も葬儀も焼き場も体験しており、また一年半の間、自分の体で働いて自分で食べてきて、食べるということがどういうことであるかも少しは知っているので、身長も体重もすでに彼を越えている次郎も、以前のようにおとなしく太郎兄ちゃんと、あがめないわけにはいかなかった。そしてそうすることが、次郎にとって楽しくないことであるはずはなかった。

子供達は皆、太郎の一挙一動に注目し、特にラーマは、眼を輝かせて九歳も年長の成人した兄を、英雄でも見るように見入っていた。自分が帰って来たことを、皆がそんなに喜んでいることに、太郎は太郎で満足していたはずである。何故なら、彼がそこに居ることをそれほどまでに素直に手放しで喜ぶ集団は、この世広しと言えども他には決っしてないはずだからである。それが家族というものであった。

僕にしても同じであった。太郎一人が帰ってきただけで、それまでそれとは知らず心の中にあいていた穴のようなものがすっぽりとふさがり、人間が幸福であるということは、こういうことであると、こういうことにすぎないと、沁みじみと感じるのであった。そしてそれが家族というものであった。

太郎は「部族」が嫌いであった。東京の国分寺市の「エメラルド色のそよ風族」のアパートで、僕達が共同の食事を始めてまもなく、皆で食べるのは厭だと言って、食堂に出て来なくなった。それを僕は、単なる子供のわがままと見なしていたが、順子にはそうではないことがさすがに判っていて、太郎の分だけ食事を別に取っておき、僕らの部屋としてあてがわれていた部屋に持って行って、食べさせた。太郎の反抗は長くは続かず、やがて皆と一緒に食べるようになったが、それは決っして太郎が「部族」を受け入れたことではなかった。まだ小学校にも上がらぬ小さな子供であったのに、彼は父と母との生き方に自分を合わせたのだった。太郎は、「部族」が始まる前の、親子三人の楽しい家族生活を知っていたから、それをぶち壊した「部族」を決っして許すことはできなかったが、父と母とがその「部族」なので、許す以外には方法がなかったのである。「部族」であることに夢中になっていた僕は、太郎がそのようであることを感じてはいたが、先にも記したように、家族は「部族」の内に消滅すべきであると考えて、ひたすらその方向に歩み入っていたのだった。僕は太郎をとても愛していたが、そのことと僕の生き方とは別のことであった。

その時からほぼ十五年の月日が過ぎて、僕としては何ひとつ親孝行もできないままに父を亡くし、その父の遺影の前で、他ならぬ自分がやがて死んでいく父として子供達とともに食事をしているのであった。

家族とは、よいものであった。僕達は西瓜を食べていた。西瓜については、うれしいことがあった。太郎が帰ってきたら、何よりの御馳走は新鮮な魚だから、魚を食べさせようとは、順子も僕ももちろん考えていた。その他に順子は、この日のために特にきゅうりとトウモロコシに熱を入れて、二カ月も前からその盛りが間に合うように畑の準備をしていたのだった。新鮮なトウモロコシを好きなだけ食べさせ、きゅうりに味噌をつけて何本もかじらせたいというのが、東京帰りの息子を迎える彼女の計画だった。僕は別の考えを持っていた。考えというより、太郎が帰ってくる二、三日前になって、ふと、あいつが帰ってきたら皆で西瓜を食べよう、と思ったのである。家では西瓜は作っていないので、買うほかはないが、そう思いついたのである。ところが太郎が帰ってきて最初になぜか、西瓜が食べたいと言ったのである。

「西瓜ぐらい東京でいくらでも食べられるでしょうが」

と順子が抗議した。

「あんなでっかいもの、一人で食えるかよ」

と太郎が言った。

「あんたは、自分で稼ぐようになったら一人で西瓜を一個食べるのが夢だって、言ってたじゃないの」

きゅうりとトウモロコシを食べさせたい順子は、なおも抗議をした。

「そんなこと、今じゃ夢じゃないよ」

太郎は答えたのだった。

太郎にとって今、一番大切なことは、おそらくは単車でぶっ飛ばすことであった。時速百三十キロ、時には百八十キロのスピードでまっしぐらに走ることであった。それは二十一才になった太郎の思想であり、生き方であった。走るな、と止めることはできない。

わが家では、出費を押えることによって収入の少なさを補っているので、夏が来ても西瓜を買うということはめずらしかった。だから西瓜を買ってきて、家族でそれを食べるということは、夏の盛りのいかにも夏らしい幸福のひとこまであった。彼が食べたいと洩らしたのは、西瓜そのものではなくて実はその、家族という幸福であり果実だったのである。

八月十四日の夜には、もうひとつ記しておくべきことがあった。食事が終り、西瓜も食べ終え、子供達がそれぞれに眠ってしまった後で、太郎と順子と僕とで、氷水割りの焼酎を飲んでいた。二、三日ゆっくり休んだ太郎の心は、すでに帰路のプランニングに飛んでいて、ロードマップをしきりに眺めていた。僕は、せめて今夜くらいは線香の煙を絶やすまいと気を配りながら、帰りはゆっくりと九号線（山陰道）を行ったらいいと、勧めていた。九号線は、僕と順子とまだ小さかった太郎の三人で、初めて家族でヒッチハイクをした道でもあった。福知山にかかる山の中の小さな町で下ろされ、小さな神社に入りこんで野宿をしたことも思い出された。真暗な夜で、太郎が恐がるので、用意していた十本ものローソクに皆火をつけて、きれいだろうきれいだろうと見せながら、眠らせたことがあった。順子は、何とか話題を大学のことに持って行き、大学のことを太郎から引き出そうとするが、太郎は乗ってこなかった。太郎は単車に夢中であった。

僕はその時、新しい線香に火をつけながら、ふと、父にお願いしようと思った。亡くなってまだ四十九日忌も明けない生身の霊を、早くも先祖に見立ててお願いするのは、無礼かなとも思いながら、今夜は父の霊はそこに来ているはずなのだから、お願いしてもよいと思った。それで線香を立てながら、

「お父《と》さん、太郎が事故を起こさないように、守ってやってよ」

と、お願いした。

すると僕の耳に、はっきりと嬉しそうな父の声が聞こえたのだった。

「なんだ、そんなことか。心配するな、守ってあげるよ。わしはまた、財産をよこせと言うのかと思ったよ」

それは、自分は先刻からそこに居て、誰かが語りかけてくるのを今か今かと待ちわびていたといった調子で、その声は、最高に上機嫌の時の、冗談を言う父の声であった。僕はびっくりして父の写真を見た。

家族とは、家の族《やから》である。同じ屋根の下に住む者を家族という。僕が自分の家で好きなところは、色々あるけれども、まず玄関を入ったところにかけてある、手製の背負子《しょいこ》があげられる。この背負子が一番目につくのは、仕事で島外に出て、三日ぶりとか一週間ぶりとか、長い時には三週間ぶりにもなって、家に帰ってきた時である。玄関、といっても戸板の戸を引き開けると、最初に眼に入るのがその背負子で、それを見るとほっと安心する。背負子には作業帽がかけてあって、それも僕が好きな眺めである。その帽子をかぶり、その背負子を背負って、無人の山に入ることは自由になることを意味する。僕は年々山が好きになっていく。若い時はひたすら海が好きだったのに、自分が漁師にはなれないと判った時から、次第に山が好きになってきた。海はもう眺めるだけでよい。無人の山に入って、草を刈ったり果樹やお茶の苗木を植えたりしている時が、今では僕の一番幸福な時である。

次には風呂場が好きである。その風呂場は、太郎と二人で苦労して石を積み、据えつけた五右衛門風呂で、太郎が出てしまった後になって、今度は次郎と二人で、スレートのしっかりした煙突を取りつけたものである。その煙突を取りつけたせいで、それまでは煙たいことが最大の欠点だった一番風呂が、文字通りに気持いい一番風呂になった。一番風呂とは、その日焚いた最初の風呂に入ることで、湯は一番風呂だけが澄んでいるものである。けれども僕が好きなのは、その一番風呂ではなく、昼間の乾いた風呂場の眺めである。まだ水が入っておらず、掃除された後の風呂釜がよく乾き、洗い場のセメントを塗ったたたきもよく乾いている眺めが、なぜか僕は好きである。時々はだしになって、そこにそっと立ってみるが、そこにあるのは、家というものが持つ、ほかにはない静かな充足である。

次に好きなのは、やはり花壺に花が活けてある眺めである。花はむろん、買われることは決っしてない。四季折り折りに、そこらで咲く花が飾られるのであるが、野山にそのまま咲いているのと、手折られて家の中に活けられるのとでは風情が異なる。野や山にそのまま咲いている花は、もちろんそのままで充分に美しいが、人間の手で手折られて活けられた花には、やはり人間の心が加えられている。家の中に活けられた花が、時にははっとするほどに美しいのは、それを手折った時の人間の心が、はっとするほどに美しいからである。

けれども、家の中で僕が最も好きな眺めは、子供達も順子も、家族がすべて寝静まった後で、一人で眺める台所の光景である。順子は整理整頓があまり得意ではない方で、おおむね台所は乱雑であるが、乱雑な点は別として僕が好きなのは、板壁に打ちつけられた釘の一本一本に、黒いフライパン類が底を見せてかけられている眺めである。七人の家族分を料理する、大きな中華ナベが一番はしにかけてある。次には卵焼き用の長方形のフライパンがかけてある。次には大きい円いフライパンがかけである。次にはフライパンではなく柄付きの深底なべがかけてあるが、その底もフライパン類と同じく黒光りしている。そして右の端には、小さい方の円いフライパンがかけてある。これら五つのフライパン類が、大小の違いはあるが、行儀よく黒光りする裏底を見せて並んでいるのを見ると、僕はそこに何よりも家というものを感じる。昼間は、そんなものは一切目に入ってこない。夕方になっても、夜になっても、それは目に入ってこない。子供達が眠り、順子が眠りに入って、裏の沢のせせらぎの音だけが聞こえはじめる頃、何かの用事で台所に行き、電気のスイッチを押すと、その光とともに、行儀よく並んだ五つのフライパン類の裏底が、とても静かに目に入ってくるのである。僕は時には、その光景に心を打たれて、自分が何をしに台所へ来たのかも忘れてしまって、その場に腰を下ろしてつくづくとそれを眺めることがある。

それは多分、僕が順子と生涯つき合っても理解しつくすことができない、女性というものの持つ優しい世界である。女性とはここでは妻である。そして同時に母である。僕は、日常的には多くの時を、自分が家族を養っていると錯覚して過ごしているが、深夜、台所に行って、そこに並べられている黒光りするフライパン類の底を眺めていると、そういう考えが明らかに錯覚であり、僕は、彼女によって養われている家族の一員であることがはっきりと判るのである。このことがはっきりしたのは、つい二年前の夏のことであった。

それまで居間続きであった台所の外壁を思い切って取り外し、軒続きに一間《けん》幅ほどの台所専用のスペースを建て増した時のことであった。それはもちろん、僕が太郎や次郎の手を借りて、自分で工事したものであるが、出来上りの具合は我ながら悪くなかった。特に、カンナもかけていない荒面《あらおもて》の板壁のスペースが、この山の中の家の、台所の感じにぴったりとしていると思われ、きっと順子も喜んでくれるだろうと思った。その台所は、幅は一間《けん》ほどだが長さは三間《げん》ばかりあり、半分は土間にして、昔の農家ほどではないが、家の中に土があるスペースもこしらえたのであった。台所が出来上って間もなく、彼女がその僕の上出来の板壁に、トントンと何本もの釘を打ち込むのを見て、何が始まるのかと楽しみにしていたら、彼女はそこに五種類のフライパン類をぶら下げたのであった。昼間それを見た時には特別の感動はなく、それだけのものとして眺めたのだったが、深夜になって一人でそこを眺めた時に、先に記したひとつの真実、家にあって家族を養っているのは、男ではなくて女だったのだということが了解されたのであった。

家は、深く女の人のものである。家とは、女の人がその下に住む家族を養うための、ひとつの大きな道具である。女の人は、子供を産み育てるという本能をとおして、自我あるいはエゴと呼ばれるものが、何も育てず何も養わないという真実を、体で知っているからである。

僕達が「家族」と呼ぶとき、そこには父と母がいて子供達がいる風景がある。もちろんそこに、祖父がいたり祖母がいればその風景はより豊かなものとなるであろう。家族というこの風景が、人間社会にとって最も基本的なものであり、最も大切なものであることを、僕は改めてここで確認しておこう。家族とは人間にとっての一番深い自然性であり、その自然性は、山に樹木が繁り、川に水が流れ、海に魚が棲むことと同様に、守られなくてはならないものである。家族を原風景として里が展ける。里は、木の間隠れに隣家の明りがちらちら洩れる家と家との集まりから成り、そのひとつひとつの家には、女の人が主人として微笑んでいる。

　八月十六日の朝、来る時とは異なって、アクセルを軽くふかしながら、太郎は山の道を下り、曲り角でしばらく止まったかに見えたが、やがて見えなくなった。

2

　八月十六日の夜に、太郎はもう別府あたりを走っているのだろうかと思いながら、僕はひとつの白い石を手にしていた。その石は、高さ十センチほどの妙義山のような形をした石で、石英岩か長石のような少し透明感のある石であった。電燈の光にあててみると、乳白色の肌の内には光を反射する結晶が無数にあって、静かにきらきらと輝くのだった。その石は、順子が拾ってきて僕にくれた石で、すでに礼拝室兼書斎の僕の部屋に置いてあるのだが、本来どこに置かれたがっているのか、位置したがっているのかがまだはっきりしていない石であった。

　白川山近辺では、そのような石英岩系の石は滅多に見られないが、彼女がその石を見つけたのは家の前の川のすぐ側で、歩いていたら眼についたので拾ってきたとのことであった。

「よかったら、あげる」

と、彼女は言った。

それは、今年の五月の末か六月の初め頃のことで、僕の中に、この家を出たいという気持がとても高まっていた時のことだった。家を出る、といっても、離婚をするとか別れるということではなくて、僕が好きな、山の中の果樹と茶園を作ろうとしている場所の片隅に小屋のようなものを建てて、そこに住みたいということであった。

十年二十年の長い見通しとして、いずれその山にお堂のような小さな建物を建て、そこで自分の心ゆくままの自然生活をしたいと、僕は思っていた。電燈や冷蔵庫やガスがなく、囲炉裏とランプだけがある生活をしたいと思っていた。白川山には、すでにそういう生活をしている人が二人いたが、その二人はいずれも独身で、それは独身だからできる生活であることを僕は知っていた。僕の家には、まだ三才の道人《みちと》をはじめ、小学生や中学生の子供がたくさんいる。そういう状態で山の中に家を建て、自分の望む生活をするということがわがままであることはよく判っていたが、折に触れて、その病熱のようなものが深々と僕をとらえてしまうのだった。

僕の長い見通しの中では、そのお堂ないし小屋にあって、順子とともに住めればそれに越したことはないが、彼女が側にいなくてもそれはそれで仕方ないことであった。十五分も山道を下ってくれば、ここには彼女の家があり、子供達の内の一人ぐらいはこの地に居残っているはずであった。

僕達は、いずれこの消費文明から逃れ切ることはできず、この消費文明の中で死ななければならないが、そのことと、できる限りは消費文明のお世話にはならないとする僕の考えとは、別の次元のことであった。古い作家である国木田独歩が、「山林に自由存す」と歌ったその古いあこがれが、ウパニシャッドに出てくる森住まいの哲人の面影や、数々の中国の禅僧達や、日本の禅僧達の面影と入り混じって、僕の中に燃え出してくる。

気がついてみると、僕は夢中になって、その山の中に建てるべき小屋、あるいはお堂の現実的な設計図を想い描いていることがあった。

時折襲ってくる、その、家を出たいという熱望は、しかしながら現実には、純粋に僕個人の願望として現われるばかりではなくて、順子との関係において現われてくることが多かった。順子とは、とりもなおさず養う性《さが》としての女の人であり、家族の支え手であるが、彼女が、あまりにも子供達および僕を養いすぎると見える時に、僕の出家願望はことさらに強くなるのであった。彼女にしてみれば、いくら白川山という恵まれた場所で生活しているにせよ、月々十万円そこらのお金で家族七人を養っていくのであるから、ぎりぎりの努力をしているのであり、もっともっと養いたいという願望を持つことは、当然のことであった。家にある限りは、家の主人は女の人であり、女の人が正しいのであるから、僕として自分のわがままを通すとすれば、家を出るほかはないのであった。

今回の僕の出家願望は、かなり強烈でかつ具体的なものであった。長期計画などという悠長なことは言っておれず、すぐに家を出ようと思った。僕の家の前には、物置きとして使ったり、僕達一家が個人的に親しく交わっている人が遊びに来た時に宿として使っている、小さな家がある。山にお堂を建てるなどという、長いことは言っておれないので、すぐにでもその家に移りたい、と僕は思ったのだった。そしてある夜、そのことを彼女に告げたのだった。彼女は一瞬はっとしたようであったが、やがて無言でゆっくりとうなずいた。それは、そうしてもよいという意志表示であった。

七月の二十二日から一週間、横須賀に住んでいる弟一家五人が、白川山に来ることになっていた。弟一家の宿が終ったら、すぐさまその家に移るつもりだと、僕は彼女に告げた。

彼女が、乳白色の妙義山の形をした石に出会い、それを拾ってきて、

「よかったら、あげる」

と言って、くれたのは、僕達夫婦の間にそのような出来事が起こった何日か後のことであった。

ところが、七月二十一日に父が亡くなり、弟一家がこちらに来るどころか、僕の方が東京に行かねばならなくなった。東京では、実家は狭い上に混み合っていたので、僕は太郎の下宿に泊った。その下宿の部屋は、太郎が言うには、パチンコの玉を置くと自然に転がり出すほどに傾いていて、おかしな夢をよく見させられるという部屋であった。

父の葬儀を終り焼き場で骨にした日の夜に、僕はその下宿部屋で夢を見た。それは、順子が僕を去って行く夢であった。彼女は、ジョルジュ・ルオーの「郊外のキリスト」という絵に描かれているよ

うな、少し登り坂の暗い道を、僕に背中を見せて、はっきり決意したものとして去って行った。その決意はあまりにもはっきりしたものだったので、僕はただ茫然としてそれを見送るほかはなかった。震えるほどに淋しかったが、彼女が決意したことであるので仕方がなかった。

「夢をみたか」

翌朝、太郎が言った。見た、と答えると、

「おかしな夢じゃなかったか」

太郎は重ねて言った。

「おかしな夢だったけど、当り前の夢でもあったよ」

と僕は答えた。

盂蘭盆会という、日本民族に特有の民間行事は、家族あるいは拡大された家族である親族が、祖霊の前に集まることによって、祖霊と交信し、家族あるいは親族というきづなを深めるための行事である。科学とテクノロジーが全盛のこの時代にあって、いかにも非科学的、いかにもテクノロジー的でない祖霊、あるいは故郷性が、民族の半ばを大移動させるだけの力を、ますます強く持ち続けていることの内に、僕は日本民族の希望を見る。それは確かに年に一度だけの、それもせいぜい三日間か一週間の、短い時間の内に現われる、非日常的な出会いではあるが、祖霊と故郷性という二つの真実を核心とした出会いであり祝祭であることに、僕は心を強くしている。この民族的な大祝祭を動かしているものが、故郷性であり故郷性に包まれた祖霊であるということは、いかにも大切なことである。それは科学やテクノロジーの原理を越えたものであると同時に、国家社会や組織社会の原理をも越えたものである自然性という原理が、まだこの民族に力強く残っていることを示しているからである。

人間には三つの神秘がある。生まれるという神秘、生きて出会うという神秘、そして死ぬという神秘である。この三つの神秘は、いずれも家族という舞台において行なわれる。家族が健全である限りは、科学もテクノロジーも、国家も組織も、自然という神秘の中に立つ人間性を破壊しつくすことは出来ない。

八月十六日の夜に、僕は順子がくれた乳白色の石を、長い間眺めていた。東京の太郎の下宿で見た夢の余韻は、もうすっかりなくなってはいたが、それにしても、そのような夢を見た事実を忘れることはできなかった。僕は家を出ることは、まだ出来ない。

僕の祭壇の本尊は、ネパールから持ち帰った高さ二十センチほどの十一面観音の小像であるが、僕はやがてその石を、その観音像の足元の左側に置いた。

僕の石

僕が、やがて小さなお堂あるいは小屋のようなものを建てて、そこで順子と二人でか、僕一人でか住みたいと思っている山は、ナバ山と呼ばれている山である。ナバというのはきのこのことだが、ここらでは特に椎茸をさしてそう呼ぶようである。ここらでは、椎茸のほかに木くらげが多く自生しているが、木くらげのことは耳ナバと呼び、ただナバといえば椎茸のことである。

ナバ山の辺りでは、旧白川山の人々が住んでいた頃には、台風の通り過ぎた後などに、たくさんの自生の椎茸を集めることができたそうである。カマスいっぱい椎茸を集めて、親類などに分けてまわった話を、旧白川山の住人である島藤さんが、時々話してくれる。このごろ、自生の椎茸をすっかり見なくなったのは、気象条件は変らないのだから、椎茸が自生できるような大木が、もう山にはなくなったからだろうと、これもやはり島藤さんの話である。現在は、この島でも椎茸はすべて種駒を打ち込んで人工栽培するようになっている。

ナバ山は、今僕が住んでいる家から十五分ほど山道を登った所にある。面積にして二反（六百坪）ほどの小さな山である。傾斜は急ではないが、北東向きに展けた斜面で、四方を山に囲まれている。大川を隔てた向いの山の斜面に、同じ白川山の住人である安《やー》っさんの炭焼小屋が小さく見えるほかは、人間の風景が一切ない静かな山である。

僕が、この山を果樹園として開こうと思い立ったのは四年前のことで、それ以来他の仕事の合い間を見ては、この山に行って遊んでいる。遊んでいるというのは、そんな山の中で、猿も出れば鹿も出るのに、果樹など植えても収穫出来るとは誰も信じていないから、仕事とは見なされていず、遊んでいるというのである。

山を開くには、まずうっそうと繁っている樹木を伐り倒すことから始めた。全力をそこに集中するのではなく、他の野良仕事の合い間を見ての仕事であるから、何とか樹を倒し終えるまでに三年かかった。樹を伐るばかりではつまらないので、一定の空間ができ上ると、もうそこに果樹の苗木を植えるのである。そしてまた次に樹を伐りすすめ、苗木を植える。そんなふうにして、ゆっくりと山を開いてきた。これまでナバ山に、どんな果樹苗を植えてきたかというと、まずキンカンがあげられる。キンカンは、柑橘《かんきつ》類の中でも特に野性が強いものである。キンカンの苗木は全部で三十本ばかり植えた。一番初めに植えたので、昨年はいくつか実がなったが、全部猿に食べられてしまい、人間の口にはそれこそひとつも入ってこなかった。

次にはこれは果樹ではないが、アマチャの木を百本ばかり挿し木した。これは皆よくつき、猿も食べず鹿もなぜか食べないので、よく成長してきている。次にはキュウイフルーツの苗木を、友人からプレゼントされたので十本ばかり植えた。キュウイフルーツはつる性の植物で、春から夏にかけて新芽のつるがどんどん伸びるものなのだが、鹿が食べるのかそれとも病虫害なのか、伸びたつるが全部根元から折れ腐ってしまって、ついには本体にも枯れるものが出てきた。

次にはスモモの苗木を二十本とビワの苗木を二十本植えたが、春になって新芽が出る頃、全部鹿に食べられてしまった。ビワは全滅で、スモモの方は十本ばかりは生きているが、最初の年の新芽を食べられて樹勢をくじかれてしまったので、再起できるかどうか判らない。次にはお茶を植えたが、やはりこれも鹿が食べて、枯れてはいないが成長するには至らない。次には時計草（パッションフルーツ）を十本ほど植えたが、これは今の所はまず順調に育っている。時計草は、屋久島の山野には自生さえしている植物であるから、育たないわけはないのである。鹿ももちろん食べない。

去年の夏から植えにかかったのは、ブルーベリーである。去年の冬を過ごした経験では、一株だけ鹿に引き抜かれたが、茎を食べていないところを見ると、ブルーベリーは鹿の被害からはまぬがれそうである。

こうして見てくると、ナバ山の果樹園には苗木の段階の鹿、実がなった段階での猿と二段構えの大敵があって、島の人々や順子が、あんなところにそんなものを植えてと、仕事とは見なしてくれないのもお判りいただけるだろう。けれども僕が、ナバ山に果樹その他の苗木をなおも植え続けるのは、僕がその土地が何ともいえず好きだからである。山であり、少しは小高くなっているので、見晴らしがいい。見晴らしといっても、四方を山で囲まれているのだから、見えるものは変哲もない山ばかりであるが、その山ばかりの見晴らしが実に気持ちいい。小さな谷川の流れの音が、絶えず下方から聞こえているのがいい。いつ行っても、僕以外には人間がおらず、僕だけになれる。山の中腹のあたりに、あまり姿がよいので伐り残したクロガネモチの雄木《おぎ》があって、その姿を眺めていると、樹木というものが、ひとつの神秘的な美意識をもって成長していることがわかる。その樹の木蔭で一服するのが好きである。谷を隔てた向いの山に、安《や》っさんの炭焼小屋がぽつんと小さく見えているのも悪くない。

そういう好きな土地で、好きな果樹やお茶の苗木を植えていることは、結果はどうであれ、僕にとってはそれこそが真の仕事というもので、いくら鹿や猿が出てもそこから手を引くなどということは考えられない。考えられないどころか、無人であるゆえに鹿や猿が出没するのであれば、自分がそこに住む場所を移せばよいと思うようにもなったのである。

けれども、それはまだ先の話である。僕はまだ家から離れることができない。

家の前に、僕が秘かに「僕の石」と呼んでいる、何の変哲もない花崗岩がある。どれだけ深く地中に埋まっているのか、あるいは、地上に出ている部分と同じほどしか埋まっていないのか、判らないが、地上に出ている部分の座り心地は悪くはない。少々でこぼこしており、部分的に尖っている所もあって、どっかり腰を下ろすというわけにはいかないが、一日の仕事が終った日暮れどきに、ほっと一息つきながら、物想いに沈んだりあたりを眺めるにはちょうどよい石であった。

白川山に住み初めてからのこの七年間に、僕は何百回となくその石に腰を下ろして、白川山の空が山から暮れてゆく風景を眺めた。この島では、夏は八時頃、冬には六時頃に日が暮れるから、季節によってそこに腰を下ろす時間帯はもちろん異なるが、日暮れどきから日が暮れ切る頃にかけて、僕は何百日もその石に腰を下ろしてきたのだった。季節により、またその日その日によって、様々に美しい日暮れがあり、淋しい日暮れの眺めがあったが、僕が一番好きなのは、生まれたばかりの絹糸のように細い新月が、金色に輝きながら西山に沈んでゆく眺めであった。そういう月を眺めたあとでは、もうほかには心を震わせて眺めるような風景はなく、眼をつぶって、沈んで行った月の余韻を味わうだけで充分であった。

都会住まいをしていた頃には思いもよらぬことだったが、月日というものは、実際には月の満ち欠けと共にあるものであった。新しい月が生まれてくると、それとともに新しい月が始まり、月が満ちるとその月も半ばに至る。月が夜遅くしか昇ってこなくなり、しばらく闇夜が続いたかと思うとその月は終り、夕方の空に新月が生まれて、また新しい月が始まるのだった。月日という言葉は、文字通り月が主人の言葉であって、月日が月と共にあるのは当然のことなのだが、そういうことが胸の振動をともなって新鮮に感じ取られるのは、「僕の石」に腰を下ろして、夕暮れの時を眺めることによって恵まれるものであった。

僕が、家の前の石に腰を下ろす習慣を持つようになったことにつけては、インドに一人の先生があった。ヴェナレスのガンジス河にほど近い巡礼宿（パールヴァティ女神の宿と呼ばれていた）に、僕達は五人家族でちょうど一ヶ月間ほど滞在していた。もう十年も前のことであるが、確かゴドゥリアと呼んだヴェナレスの中心街の裏道にあったその宿は、四階建て五階建てのがっしりしたレンガ造りの、たくさんの建物の内のひとつであった。ビルという印象が全くないのは、それらの建物が西洋式の鉄筋コンクリートから出来ているのではなくて、インド独特の焼きレンガを積み重ねただけの、まさしくインド式の建物だったからであろう。

僕達が滞在していた宿の隣りの建物は、やはり四階か五階建てで、宿の建物と同じく狭い露路に面していた。入口に五段か六段の石段がついていて、その石段のスペース分だけ宿の建物より内側に建てられていた。毎日夕方になると、どこからか一頭のロバが帰ってきて、その石段の横の狭い空地で夜を過ごすのだった。朝になると、そのロバは何処へともなく去って行くが、夕方になるとまたそこへ戻ってきて、あのロバ特有の悲しげに首を垂らした姿で、じっと立ったまま動かなくなるのだった。僕はそのロバに心がひかれて、夕方になると、ガンジス河の土手に瞑想をしに行く外出のついでにロバが帰ってきたかどうかと確かめるようになった。ロバは毎日、確実にその場所に帰ってきたが、それと同時に気がついたのは、その時間になると、一人の六十年配の男の人が建物の奥から出てきて、石段の半ばに腰を下ろし、背中を真っ直ぐに伸ばして、瞑想とも物想いともつかぬ様子で、静かに眼を閉じている姿であった。最初の内は、僕の興味はロバにあったが、一週間、二週間と、その人の夕暮れの姿が欠かさずに続くのを見ている内に、この人はなぜ、家の中ではなくて家の外で夕暮れの瞑想をするのかと、考えるようになった。インドの家庭には、どこにも家の神を祀った個有の祭壇があり、夕方の礼拝瞑想はそこにおいて行なわれるのが普通であった。五分も歩けば、そこはガンジス河の土手であり、しかもそこはヴェナレスのガンジス河の土手である。聖典によっても伝承によっても、その土手ほど瞑想に適し、瞑想の効がある場所はないとされているのである。もし家の外で瞑想をするのであれば、そんな、建物の群れの底のような、裏露路に面したロバの寝場所のような所ではなくて、ちょっと足をのばしてガンジス河の土手まで行けばいいのではないか。

けれどもその人は、僕の疑問などもとより関係はなく、毎日夕方になると、真白に洗濯をした清潔な上下のインド服を身につけて、建物の前の石段の真中で、じっと眼を閉じ、背筋を伸ばしたまま動かなくなるのであった。そしてその姿は、少なくとも一時間は続き、日が暮れ切るとともに家の中に入って行くのであった。その側ではロバが、首を低く垂れたままの姿でやはりじっと立ちすくんでいた。その二つの姿は、いかにもインドの風景であり、わけてもヴェナレスという古い宗教都市の眺めであったが、風景であり眺めである以上の何かを、僕の心に深く記すこととなった。

「ロバが旅に出ても、馬になって帰ってくるわけではない」

ということわざがあって、僕はそのことわざとともに、あのヴェナレスの露路裏の光景を思い出すのだが、日本に帰って来てからは、僕は夕方になるとなぜかその初老のインド人の男の人のことを思い出し、家の外に出たいという衝動のようなものを感じるのだった。

白川山に住むようになり、日常の生活が畑や山にかかわるようになってからは、夕暮れのその時間帯には、自分の体はすでに家の外にあるので、中に入らないだけでよいのであった。ヴェナレスのガンジス河とは、規模も質もはるかに異なるが、白川山の僕の家のそばにも、白川という豊かな谷川が流れており、もし夕暮れの瞑想をするのであれば、その谷川までちょっと足をのばせば、腰を下ろすことはもとより足を組んでゆったり坐れる大岩が、いくつでもある。それをしないで、わざわざ家の前の、何の変哲もない花崗岩に腰を下ろしてあたりを眺めるのは、僕が、多分あの初老のインド人と同じく、家というものをすっぱりと断ち切ることができないからである。けれども同時に、礼拝室もある家の中ではなく、家の外に腰を下ろす場所を求めるということの内には、家の中にはないある幸福が、家の外にあることが示されているのである。この「僕の石」と題したこの本の最終章において、そのことをいささか明らかにしておこうと思うのである。

インド哲学の奥義書と呼ばれるウパニシャッド聖典群の内で、最も古く成立したものとされている「ブリハッド・アーラニャカ・ウパニシャッド」の内に、「ヤージニャヴァルキア夫婦の対話」と題された有名な一章がある。

この章の物語は、哲人ヤージニャヴァルキアが家族生活（家住期）を終えて、遊行生活に入るに当り、妻のマイトレーイーに全財産を遺す話である。マイトレーイーは賢明な婦人であったので、物質的財産ではなくて、夫が身につけている不死の糧《かて》である真理を、遺していってくれと頼むのである。するとヤージニャヴァルキアは、

『あなたは、これまでも私の愛する人であったが、いまさらにその愛は深まってきた。あなたがそれを望むのであれば、妻よ、その不死なる真理をあなたに教えてあげよう』

と言って、次の有名な一節を説きはじめるのである。

『ああ、夫に対する愛のゆえに、夫が愛《いと》しいのではない。自己《アートマン》に対する愛のゆえに、夫が愛しいのである。ああ、妻に対する愛のゆえに妻が愛しいのではない。自己《アートマン》に対する愛のゆえに、妻が愛しいのである。……ああ、実に生類に対する愛のゆえに、生類が愛しいのではない。自己《アートマン》に対する愛のゆえに、生類が愛しいのである。ああ、一切に対する愛のゆえに、一切が愛しいのではない。自己《アートマン》に対する愛のゆえに、一切が愛しいのである。ああ、実に自己《アートマン》をこそ見ねばならず、聞かねばならず、思わねばならず、熟慮しなければならない。マイトレーイーよ。ああ、実にこの自己《アートマン》さえ見られ、聞かれ、考えられ、識られるならば、この一切は識られたのである。』

対話は、まだこの五倍ほどの長さ続くのであるが、ここではこれだけ引用すれば充分である。

「ロバが旅に出ても、馬になって帰ってくるわけではない」

という喩えどおりに、ウパニシャッドの一節を読んだからといって、ウパニシャッドの真理が了解できるものでは、いささかもない。

僕が、家の前の「僕の石」に腰を下ろして思うことは、僕達の旅、僕の旅は、今まさに始まったばかりなのであって、その旅は、屋久島・一湊・白川山という地を舞台《ステージ》とし、なおかつ順子を主人とする僕達の家を舞台《ステージ》としているが、それと同時に、僕という肉体さえもひとつの舞台《ステージ》とする、ある真実にもとづいている旅なのだ、ということである。

僕が、家の前の「僕の石」に腰を下ろして思うのは、家の外に真実があるのではなく、家の内に真実があるのでもなく、白川山の内に真実があるのではなく、白川山の外に真実があるのでもないということである。僕の内に真実があるのでもなく、僕の外に真実があるのでもないということである。

それでは、真実はどこにあるのかと問えば、僕が腰を下ろしているその何の変哲もない「僕の石」、そこにこそそれが在るのであるが、それを尋ねる旅は、今まさに始まったばかりなのである。僕が場と呼び、あるいは地域と呼ぶもの、かつて部族と呼び、今は里と呼ぶもの、家族と呼び、祖霊と呼ぶもの、故郷性という名で呼び、原郷という名で呼ぶもの、愚と呼ぶもの、それを尋ねる旅は、今まさにそれと共に始まったばかりなのである。

〈著者紹介〉
山尾三省（やまお さんせい）
1938年、東京・神田生まれ。60年、早稲田大学文学部西洋哲学科中退。67年、コミューン「部族」に参加。73年、家族で一年間インド・ネパールの聖地を巡礼。75年、長本兄弟商会（無農薬・有機農法野菜の販売普及）の設立に参加。77年より家族とともに屋久島白川山の里に暮らす。2001年8月28日、逝去。
著書に『聖老人』『野の道』『アニミズムという希望』（野草社）、『屋久島のウパニシャッド』（筑摩書房）、『縄文杉の木蔭にて』（新宿書房）、『カミを詠んだ一茶の俳句』（地湧社）、詩集に『びろう葉帽子の下で』（野草社）、『新月』『三光鳥』（くだかけ社）などがある。

ジョーがくれた石《いし》　12の旅《たび》の物語《ものがたり》

1984年12月15日　初版発行
2008年10月10日　新装版１刷発行

著　者　山　尾　三　省©
発行者　増　田　正　雄
発行所　株式会社　地《ち》　湧《ゆう》　社
東京都千代田区神田北乗物町16（〒101-0036）
電話・03-3258-1251　郵便振替・00120-5-36341
装　幀　石渡早苗
印　刷　啓文堂
製　本　小高製本

万一乱丁または落丁の場合は、お手数ですが小社までお送り下さい。
送料小社負担にて、お取り替えいたします。
ISBN978-4-88503-199-1 C0095

カミを詠んだ一茶の俳句
希望としてのアニミズム
山尾三省著

自然界の万物をカミと受け止めるアニミズムの視点で展開した異色の小林一茶論。そこに、屋久島を永住の地と定めた著者自身の道程を重ね、「故郷性」存在としての人間のありようを追求する。

四六判上製

遠いまなざし
押田成人著

目先の現象に惑わされ、自我意識にしばられて柔軟な態度すらとれなくなっている生活に気づき、全体を観ずる「遠い目」をもって真実の姿を眺めてみれば、自由で新しい世界が開けてくる。

四六判上製

もう一つの人間観
和田重正著

大脳の欲望と知力に振り回されて苦悩する人間を、生物進化という大きな流れの中でとらえ直し、その本質に迫る。現代の危機は、いのちの流れに沿わなければ乗り越えられないと示唆した先見の書。

四六判上製

なまけ者のさとり方
タデウス・ゴラス著／山川紘矢・亜希子訳

ほんとうの自分を知るために何をしたらよいのか、宇宙や愛や人生の出来事の意味は何か。難行苦行の道とは違い、自分自身にやさしく素直になることで、さとりを実現する方法を語り明かす。

四六判並製

自分さがしの瞑想
ひとりで始めるプロセスワーク
アーノルド・ミンデル著／手塚・高尾訳

夢、からだの感覚、自然に出てくる動き、さらに雑念から人間関係まで、ありのままに受けとめることから自分をより深く知り、囚われのない「今」を素直に生きるためのトレーニング・マニュアル。

四六判並製

老子（全）
自在に生きる81章

王明校訂・訳

老子の道徳経をいくつかの原典にあたりながら独自に校訂し、日本語に現代語訳。中国語、日本語ともに母国語の著者が、その真髄を誰でもわかるように書き下ろす。不朽の名訳決定版。

四六判上製

ネイティブ・タイム
先住民の目で見た母なる島々の歴史

北山耕平著

先住民の視点で、太古から現代にいたるまでの出来事をひとつの大きな流れとして解読しなおした日本列島通史。自分のルーツと向かい合い、これからの時代を生きる自分の道を見出すための書。

四六判上製

チベッタン・ヒーリング
古代ボン教・五大元素の教え

テンジン・ワンギェル・リンポチェ著／梅野泉訳

ボン教はチベットの古代宗教である。本書はボン教をベースに、シャーマニズム、タントラ、ゾクチェンの教えに即し《地・水・火・風・空》の五大元素のバランスをとる方法をていねいに解説する。

四六判上製

ガンジー・自立の思想
自分の手で紡ぐ未来

M・K・ガンジー著／田畑 健編／片山佳代子訳

近代文明の正体を見抜き真の豊かさを論じた独特の文明論をはじめ、チャルカ（糸車）の思想、手織布の経済学など、ガンジーの生き方の根幹をなす思想とその実現への具体的プログラムを編む。

四六判上製

まだ、まにあうのなら
私の書いたいちばん長い手紙

甘蔗珠恵子著

チェルノブイリ事故の一年後に書かれた一主婦の手紙。原発をめぐる様々な深刻な問題を訴え、人類は原子力と共存できないことを、「いのち」の視点で切々と語る。原発がある限り読み継いで欲しい1冊。

四六判並製